玩命
交易

Q版特工33

Q版特工33　玩命交易
作者／梁科慶
總編輯／黃蘊坤
策劃編輯／周淑屏
美術設計／陳詩韻
插圖／鄺志傑
出版發行／突破出版社
香港沙田亞公角山路33號突破青年村
電話：2632 0000　傳真：2632 0388
電郵：breakthrough@breakthrough.org.hk
網址：http://www.breakthrough.org.hk
http://www.btproduct.com
承印／陽光印刷製本廠
2015年1月初版1刷

Ah Wing, the Secret Agent 33: Fatal Transaction
by Leung For-hing
First Printing, First Edition, January 2015

Printed in Hong Kong
ISBN 978-988-8246-46-5

誠邀閣下就突破出版社的書籍發表意見
歡迎加入突破書籍 Facebook page — http://www.facebook.com/btbooks.page
本書採用環保油墨印刷

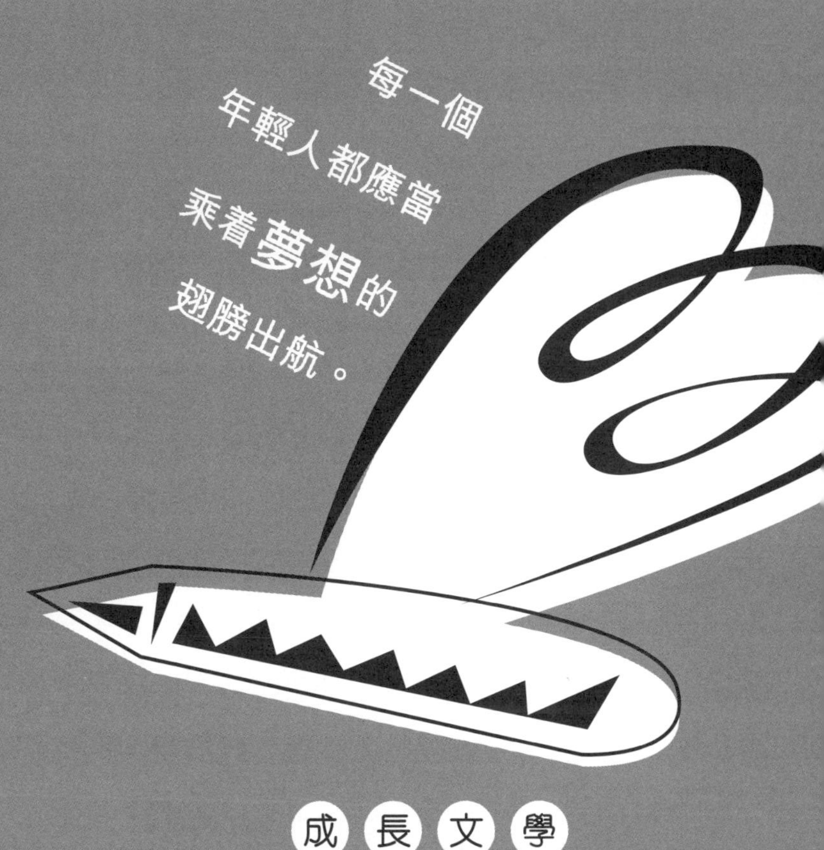

成長文學

目錄

序

韋婭

記不得是哪一年初遇科慶的。只記得那個文學活動上他跟我說，他曾經在樹仁學院修讀過家春老師的課呢。我不由得多望了他一眼，心下訝異——這位寫作經年的年輕作家，倒沒有一點兒那種人們視之為作家常態的「矜持」的味道呢！而這一點，恰恰暗合了我自己常有的心態，在被冠為「兒童文學作家」之前，在我的心裏，早已形成了蹲下來與孩子說話的心理習慣。

「蹲下來與孩子說話」是一種心態，當你的身心都在與孩子一個位置時，你的作品就開始了一種狀態、一個里程。寫了許多許多作品的科慶，他的心態和他的整個為人一樣：謙誠的，樸實的，也明亮着的。有時候我會想，決定一個作家的成功，究竟首先是他的文筆呢，還是他的心態？是他的文字技巧呢，還是他的心靈視野？

科慶多是寫科幻作品的，這與我不同。也許，我說不好他的故事。我是寫女孩子的心事的，而他則是大大的男孩子，他專寫風馳電掣的上天入地的故事。我不由得問他：你有沒有開過飛機呢？你有沒有做過特工查過緝毒？你有沒有學過武術打鬥闖過黑山雲洞？你有沒有……嗯，你怎麼可以知道那麼多？他笑了：韋婭啊，我是在圖書館工作的呀！一句話說完了，他的世界在書中，他是一個讀書人。當讀書人充滿幻想的時候，他的作品就飛出來了。

科慶是勤奮的，寫了數十本書了，他的讀者大大小小的。正如他自己說的，他是在依從自己的心靈寫作，寫他自己想說的故事。孩子們喜歡了，就這樣成為了兒童文學作家——哦，這一點也同了我呢。當我把自己當作孩子進入了兒童世界時，科慶也把自己投入了廣袤的充滿想像的科幻世界。他不止是寫，也在思，他把自己放得低低的，他的筆卻衝得高高的。人的心靈世界是可以如此的豐富，你無需用腳，你的心靈可以走向無極。當一個人的精神可以飛展的時候，你才知道我們的自由是如此地可貴；你才知道，在這個世界上，平等、公義、自由是普世價值，那是人們共同追求的心靈財富。

因而，在科慶一個個充滿驚險甚或刀光劍影的故事裏，卻處處湧動着人的深心同情、人的互相扶持、人的路見不平拔刀相助、人的自我犧牲、成就大義等那些人性的光亮。當你因讀書而變得雙眼澄明時，你可以看到什麼是美、善、真，什麼是邪惡、醜陋、虛偽。

是的，文學的路上，科慶的筆仍在跋涉。我們相信，有着一雙澄明的眼睛是一位作家最珍貴的財富。科慶，繼續寫吧。

1

絕密任務

接到上司委派的絕密任務，
那是一項「玩命交易」，
其中牽涉稀世奇珍及超級美女，
阿Wing此行是禍是福？

1

嚓……沓……

腳步聲，踩進砂土裏——鞋底陷入3厘米——再舉步，一步一步的走近。

我正處半睡半醒的尷尬狀態，聞聲，心頭猛地一凜，隨即驚醒過來，雙眼霍然睜大，睡意全消。被困在這個詭譎莫測的鬼地方，偶有鬆懈，隨時喪命。這四天以來，我沒片刻安寢。

「醒了？吃東西嗎？」原來是朴秀惠。

「又是芒果？」我鬆開緊握的雙拳，沒精打采地問。

「嗯。」

「還有魚嗎？」

「昨晚吃光了。」朴秀惠蹲在我身旁，手裏捧着一個宛若兩拳合抱的大芒果，果皮黃中帶紫，果香帶點綠茶氣味，並非油麻地果欄裏常見的品種。

我瞧着，搖搖頭。四天前，我還以為自己嗜吃芒果，舉凡芒果布甸、芒果蛋糕、芒果雪糕、芒果西米露，總教我垂涎欲滴，現在嗅到芒果的氣味便想吐。一連四天，天天吃芒果，不管多香多甜，物極必反，多吃總有反胃的一天。

「大家等着你去捉魚噢。」朴秀惠補充最重要的一句。她消瘦了，身上的T恤、牛仔褲又鬆又髒又縐。臂、臉、脖子都給陽光曬傷，皮膚上殘留昆蟲咬痕。啡金色的長髮，蓬鬆糾結，披落右肩上的髮梢沾着少許乾泥。面容憔悴，「小鹿眼妝」褪色淨盡，雙目無神，相較四天前初見面時予人的那種驚豔感覺，判若兩人。

我徐徐爬起身，舒展一下腰腿，平淡地說：「我去捉魚，你叫他們拾柴生火吧。」這島上，似乎除了芒果，再沒其他可供食用的植物，幸而海裏有魚，不過捕魚並非人人皆曉，因為平靜的海面以下，海牀陡斜，暗湧湍急，捕魚僅局限於近岸可立足之處，然而，缺乏工具，徒手捕魚，惟有我苦練經年略見小成的「大力鷹爪」才派得上用場。大家只好把吃魚的期望寄託在我身上。

火紅色的晨曦慢慢燃燒藍天，黑夜過去，又是酷熱的一天。

大朵大朵的浮雲，像幽靈似的，隨着信風在天底飄蕩，了無生氣。多看，令人懨懨欲睡。

「小心點呀。」朴秀惠笑了笑，便轉身跑向沙灘的另一端，找那雙不知誰是沙維、誰是路維的孿生兄弟，一起去撿拾柴枝。兩人趁沙灘的氣溫還未上升至灼熱難當，努力修理他們的Seawind 300C四座位水陸兩棲飛機。

我脫掉上衣，小心勾穩在樹椏之上，懸在圓筒形夾網防水匣旁邊，光着腳緩緩踏進海水裏。海水清涼，一直向前走，經過岸邊的一列礁石，一塊接一塊，走到最後也是最高的一塊旁邊。看時，那隻灰背老海鷗孤伶伶地站在礁石尖端，似在眺望遠方同伴的蹤影，但在茫茫然無邊無際的海面，難見半點鷗影。我不知道牠何以離羣獨留此島？只知道牠沒可能離開此島，因牠太老了，勉力越洋渡海，只會在途中喪掉老命。經過牠身旁時，我靠左移開，跟礁石保持兩臂之遙。牠不管我，我沒驚動牠，牠歪起頭，瞧了我一眼，沒動翅膀，看來牠已習慣與「新鄰居」和平共處，不再惶恐飛逃。

零污染的海水，清澈見底。

水深及胸，一尾長約兩呎、魚體長扁、額骨昂凸的銀背鯕鰍，從我兩膝之間穿過，牠大概以為我是一株珊瑚吧。看見牠在身邊游過，不等於唾手可得。魚在水裏，靈活敏感，水流和壓力稍有異樣，牠會從一個我意想不到的角度敏捷地逃脫。這四天以來，從失敗到成功，我領會出一套有效的捉魚竅門；彎腰把雙手伸直放進水裏，木然靜止，將自己當作一株珊瑚，默默等候…… 來了，鯕鰍在我的左腳背外側擦過，我感到牠的鰓蓋光滑、圓鱗纖細，但仍不是時候。牠游開了，我依舊不動，牠轉身擺動分叉的尾鰭，直線游回來。我順應水流，稍稍挪移雙手，迎着牠的游泳路線，讓牠在我兩掌中間穿過，勁聚指尖，牠一游到，我的兩臂迅速合攏，「大力鷹爪」從一個牠意想不到的角度把牠擒住，抓離水面，再扭腰使勁把牠擲上沙灘，交給朴秀惠炮製。

只要沒旁人搞擾，只要手急眼快，只要耐心等候機會，捉魚其實並不困難。

如是者，我多捉了七尾，把最小的一尾拋給灰背海鷗，把最大的兩尾扔進沙灘後面的樹林之內，算是「睦鄰」。

登島翌日，從林間偶然傳出的低沉嗥吼，以及遺留在樹林與沙灘邊緣的足印，我們推斷樹林內住了一頭體型不小的動物，而那頭動物每天的生活習慣是橫越沙灘往海中覓食，因為我們四個不速之客從天而降，又在沙灘上生火，打亂了牠的習慣，令牠裹足不前，不敢踏足沙灘。為免牠捱餓引致獸性大發襲擊我們，我每次捕魚總會預牠雙份漁穫。

本來我們都以為很快獲救，不會久留島上，所以一直留在沙灘上等候救援，沒打算四周查看這島的地勢，更無意深入樹林騷擾那頭動物。現在，日子一天一天的過去，訊號彈只射剩兩枚，卻仍不見救兵，真教人沮喪！

回到沙灘上，他們已用樹枝叉起鮮魚，架在柴火上燒烤，火堆周圍散發陣陣焦燶氣味。心情鬱悶的我，登時氣上心頭。

「阿Wing，今天的魚，很肥美。」不知是沙維還是路維開腔。這雙孿生兄弟是俄羅斯人，三十來歲，個子短小精悍，體型一樣，服飾一樣，更要命的是，都在瘦削的臉上，蓄着形狀和密度相同的粗八字鬍。

我走到火堆旁邊，坐下，用鼻子「哼」了一聲，逐一掃視朴秀惠和孿生兄弟，不滿地嚷道：「已經四天了，你的哥哥、你們的老闆還沒來救我們呢！」

「阿Wing……」朴秀惠欲言又止。

「還有呀，游水海鮮應該清蒸，用來燒烤簡直暴殄天物！肥美的魚、香甜的芒果我都不稀罕，我只想回家吃豉油撈白飯。」

「唉！我們也不想流落荒島，可是，你忘了嗎？引擎中彈後，飛機不受控制，偏離原先的航道很遠很遠，老闆尋找我們倒要花點時間。」另一人回望Seawind

300C，「而且，大海茫茫……」

「都是你們的錯！海這麼大，要交易，安全水域多的是，你們偏偏選一處有海盜出沒的……」

「卜——」柴火突然爆響，火屑在眼前亂飛，我怔了一下，待要質問是哪個笨蛋撿拾還未乾透的柴枝。

朴秀惠黯然神傷，低聲道：「哥哥只得一人，若遇上那班海盜，恐怕……」

「卜——」火屑爆飛，我不禁想起四天前，Seawind 300C中彈時的驚險……

2

「不好意思，這飛機的飛行高度是否低了一點？」

負責駕駛的沙維只是「嘿嘿」的冷笑，並沒回應朴秀惠的問題。

只要這雙孿生兄弟坐在各自的位置上，我仍能分辨誰是沙維、誰是路維。

我雖然明白這是規避飛行，目的是避開雷達的偵測和追蹤，但我沒作聲，畢竟我們正進行非法交易，未摸清對手的底細之前，沉默是最合宜的策略。

朴秀惠碰了釘，也合上嘴巴。機艙裏安靜得很，大家各懷鬼胎，靜觀其變。

突然——

「呯——」機尾傳來爆響，飛機上下晃動。

坐在副駕駛座的路維指着儀表板大叫：「糟了！導航系統失靈！」

儀表板上，其中一顆顯示機件失靈的紅燈閃亮。

「呯——呯——呯——」是機身接連中彈的聲音。

「發生什麼事？」我身旁的朴秀惠擔憂地問。

「我們遭到槍擊呀！」沙維把操控桿向前推，改變機翼的角度，穩定機身。

「大海之上，誰向我們開槍……」我靠着機窗向下查看，「啊！左下方，那兩艘漁船，槍手在船上向天開火。」

「呼——」引擎中彈，冒出一股白煙。

我從後急推沙維的背脊，喝道：「爬升，快爬升，飛離射程範圍。」

可是，飛機非但沒上升，反而下降。

顯示機件失靈的紅燈一下子同時亮起，閃呀閃呀，我沒由來的想起櫥窗的聖誕燈飾。

「不行，飛機的動力減弱，無力爬升。」沙維焦急萬分。

「快想辦法，那些是海盜啊！我們不能落在他們手上。」朴秀惠惶恐非常。

「隆——」引擎噴出黑煙，螺旋槳轉轉停停的，看來損壞程度不輕。Seawind 300C開始不受控制，愈飛愈慢，愈飛愈低。黑煙完全遮蔽擋風玻璃，我們視野的能見度幾乎等於零，坐困機艙之內，竟是一籌莫展。我們飛得愈低，愈容易中彈，這飛機多中幾彈，捱不住，會像野鴨子被獵人打下一般摔落海上。我們縱沒摔死，也會遭海盜俘擄，成為人質被勒索贖金。

路維從椅底抽出救生衣，他已作最壞打算。

「我這兒沒救生衣呢！」朴秀惠慌張地亂摸亂拍。

機艙裏一片混亂。

「鎮定！大家鎮定！」我喝道：「沙維，聽着，改向東飛，與海面平衡，滑翔飛行，可以嗎？」

「對！好計，可以。」沙維猛然醒悟，立刻擺動操控桿。

飛機旋即向右側翼，作九十度角轉向，如我所言，作水平滑翔飛行。迎頭風把黑煙吹到我們背後，形成一道向兩邊散開的煙牆，正正阻擋海盜的視線，令他們沒法瞄準射擊。

眼前的視野清晰開闊，是一望無際的大海泛射陽光，閃爍晶耀。眼下，儀表板燈號一塌糊塗，雷達失靈、方向標亂擺，海盜顯然擊毀了飛機的某些零件。我們正飛向何處？誰都沒頭緒，然而，大家的心意如一，繼續向前飛，儘快遠離海盜，保命要緊，別的事情，暫可擱在一旁。

終於，四周恢復平靜，回頭張望，我們已把「海盜船」甩在遠遠的後方，最後連兩顆小黑點也看不見。

海盜危機暫時解決，新的危機臨到面前。

「喂，求救啊！」我拍一下路維的肩頭，「這飛機，快捱不住了。」

路維定一定神，馬上調校無線電，但頻道切換一個又一個，始終沒信號，連無線電通訊也失靈。

「那麼，衞星電話呢？」我問。

「沒携在身上。」沙維答得無奈。

「你們作黑市交易的，怎沒衞星電話跟老闆保持聯絡？」我用指頭彈響身旁的圓筒形夾網防水匣，「他不怕我中途變卦，不肯交貨嗎？」

「老實說，你們一坐上飛機，我們就不擔心你們變卦。」路維除下無線電耳機，「本來路程不遠，若非中途遇上那幫該死的海盜，我們早就抵達目的地了，而且機上的無線電一向性能良好……」

「軜——隆——」引擎「轟」了一聲，螺旋槳完全停止轉動。

「啊！」朴秀惠抬頭，盯着透明艙蓋上方，那直徑1.93米的螺旋槳慢慢停頓。她顫聲說道：「我們墜機了，又沒方法求援……」

「島，那邊好像有個島。」沙維毫不考慮把飛機轉向，「你們扣緊安全帶啊！」

我們紛紛瞪眼看着前方，前方海上依稀有個大黑點。沙維利用飛機餘下的衝力，正面朝着黑點衝去。但願他沒看錯、沒猜錯、沒押錯，那是一個島，大家不禁屏息以待。

距離漸近，灰色的山岩、綠色的樹木、金黃色的沙灘一一清晰可見，那的確是一個島！

儘管那是一個島，沒動力的飛機能否成功降落又是另一回事，我們都不敢提早歡呼。飛機雖然失去動力，但急降的速度和力量仍猛，降落過急，衝撞海面，如同跳樓，會撞得支離破碎。不過，沙維的技術值得一讚，他使飛機徐徐向左傾，對正荒島的沙灘，不斷調整下降的角度，至離水面五百米，他大力把操控桿往後拉盡，使機頭向上翹起，大大減緩下降速度。

「保護頭部！碰撞來了！」路維邊叫邊把頭埋在兩膝之間。

離水面三百米，我把朴秀惠的頭按下，教她躲在沙維的椅背後面。我明白沙維的做法，他希望使飛機像片飄動的樹葉那樣降落水面，但願他成功。

離水面一百米。機會只得一次，遺憾的是，生或死，不在我掌握之中。機身淨重1043公斤的Seawind 300C挾着呼嘯聲以時速八至十哩從一個接近水平的角度轟然劃破海面，機腹首先觸水，激起澎湃的浪花。若非安全帶堅韌，我們都會給拋起，撞上透明艙蓋。先前機身中彈部位全都滲水，但仍無礙這架兩棲飛機的優良浮力，飛機「嗶啦」的成功浮起，在海面上快速滑行，機翼在一列形狀古怪的礁石上方掃過，飛機筆直的衝上沙灘，揚起漫天沙土，驚飛一隻灰背海鷗。

3

「隆——隆隆——」悶雷沉沉轟鳴。

厚雲聚集，天色漸暗，正午前後，荒島總下一場滂沱大雨。下雨前，我們自覺地躲到一株高約十餘米的羯布羅香樹底下，分工合作，把預先割下的棕櫚葉一張張的倒懸在樹丫上。棕櫚葉可遮風擋雨，雨水沿葉柄流下，成為收集食水的管道，我們在葉柄之下安放幾個容器，包括朴秀惠的水壺、沙維的三文治餐盒和可樂罐、路維的兩個啤酒樽。據說，人每天要喝 2.5升的清水維持身體健康，現在我們喝這些雨水加上芒果汁，大概每人每天有 1升，勉強足夠維持生存。儘管容器愈多愈好，卻沒人打我的圓筒形夾網防水匣的主意，因為如果這盒裏的東西受損，我們即使有命離開荒島，冒這趟險、受這些苦，都變得毫無意義。

4

朴城武把一疊厚厚的鈔票放在桌上，推到我面前，然後指着我身旁的圓筒形夾網防水匣，皮笑肉不笑，「阿Wing，辛苦你了。這是你的酬勞，東西請交給我吧。」

我吹一下口哨，勾起嘴角，笑着拾起那疊鈔票，用指頭大略掃撥一下，便收起笑容，把鈔票原封不動的推回朴城武面前。

「什麼？嫌少嗎？」朴城武愕然，「也罷，我可以酌量多加給你，你想要多少？」

「你的錢，我不要了。」

「咦？你不似習慣當義工的。」

「我要參與交易，把錢平分三份，你、我、她，各拿一份。」

「可惡！」朴城武怒拍桌面，「你這人沒江湖道義，枉阿蟲說你可靠。」

「我什麼沒道義呀？如果整個行動我完全依照你的計劃行事，事成之後，收取跟你議好的酬勞，天公地道，但現在你的計劃行不通，取得此物，全憑我一人之力。江湖老規矩，誰的功勞大，誰有權作主。」我大剌剌的架起腿，瞥一眼靠着船舷欄杆的朴秀惠。

朴城武也轉眼瞧着妹妹，朴秀惠朝兄長輕輕點頭，認同我的說法。

「這個嘛…… 真傷腦筋……」朴城武除下棒球帽，大力搔頭，「不過…… 買家是我們找的……」

我不給時間他仔細考慮，站起來，把防水匣掛在肩上，揮手說道：「這東西有市有價，不出三天，我定可找到新買家。我姑念你兩兄妹也花過功夫、出過點力，才與你們的買家交易，把錢分作三份。你們不領情，我不勉強。」

「哥……」

「好吧！」朴城武戴回棒球帽，跳離座椅，退到駕駛座，「就照你的意思。妹，解纜，我們啟航。」

朴秀惠拉我的手，教我坐下，便爽快地跑到船尾，解下圈繞碼頭石躉的纜索。

朴城武隨即啟動馬達，星夜把遊艇駛出海港。

他們在想什麼我了然於胸。東西在我手上，又打我不過，他們自知形勢比我弱，深恐我改變主意自行另覓新買家，連忙開船，諒我也不會中途跳船捨他們而去。

我當然不會捨他們而去，我此行的目標，就是他們的神祕買家。透過他們是惟一接觸那人的途徑，他們既然上鈎，我不妨繼續放線。

「阿Wing。」朴秀惠斟了兩杯香檳，把其中一杯擺在我面前，「我們的確要多謝你，沒你，東西不會到手。」她坐在我對面剛才朴城武所坐的椅子上，一雙妙目，凝望高腳杯中不斷浮升的氣泡，「而且，你重情重義，沒捨棄我們，令小妹欽佩。」她微微抬頭，以楚楚可憐的「小鹿眼」瞧着我，「我敬你一杯。酒不錯，請品嚐。」

「有鮮奶嗎？」

「嗄？」她的「小鹿眼」登時變作「水牛眼」，瞪得又圓又大，「你說什麼？」

「我想要一瓶未開封蓋、未過期的鮮奶，勞駕。」

人在她的船上，喝她斟的酒，隨時給她迷暈，我不得不提防。

「這個時候……喝奶，未免……大煞風景。」

「你的狐媚功夫，我在酒吧裏見識過了，自問不敢領教。香檳，你自斟自飲吧，我無福消受。」

「你……」她漲紅着臉。

「他不喝敬酒，妹，端過來，給我喝。」朴城武插口。

朴秀惠扁着嘴巴，把香檳端給兄長。

朴城武一口喝了半杯，轉頭道：「阿Wing，我已跟買家透過短訊聯絡，由於多了你這個陌生人，為安全計，對方要更改交易方法。」

「如何？」

「我們前往另一個地點，買家派飛機來接我們其中兩人去見他，不准携帶武器和通訊器，一手交錢，一手交貨。」

「我必然是其中之一。」

「沒問題。」朴城武把餘下的半杯香檳一口乾盡，隨手把空杯扔出船外，杯子沒入漆黑的海水裏。

我回望海港，地標大廈外牆上，那些熟悉的霓虹燈廣告開始變得遙遠。前面，大海空闊無垠，在黑暗的地平線上，閃着遠洋貨輪的燈光，這些燈光像流星一般遙不可及、一閃即逝。

5

「隆——隆隆——」

樹枝狀閃電在天底一閃即逝，五秒鐘不到，海面雷聲大作。

今天下的，想不到，是一場雷雨。

「會不會是熱帶風暴？」朴秀惠瞅着洶湧的波浪不斷拍打礁石、涯岸，不禁蹙起一雙愁眉。

那隻灰背老海鷗不知飛到何處躲風避雨。

怒濤與狂風在海面相撲，掀起的巨浪高達三米、五米、七米，你完全預測不到下一個浪頭會有多高多勁。我一方面慶幸在這風雨交加的時候沒留在海上，但另一方面，立足於這個毫無防風設施的荒島，若如朴秀惠所言今天颳颱風的話，我們的處境堪虞。

大雨飄潑，雨點從葉隙之間飛進樹底，直接打在皮膚上，令人微微作痛。

「該死！」沙維忽地指着Seawind 300C，「路維，你沒把艙蓋關妥啊！雨這麼大，機艙一定濕透。」

路維二話不說，抓起地上一張棕櫚葉當作雨傘，快步跑出沙灘。

驀地，一抹強光掠過樹冠，閃電把樹林照亮，雷聲乍響，震耳欲聾，像炮彈落在我們身旁爆炸一般，令我的雙耳嗡鳴不絕。接着呯然一聲，一棵棕櫚樹倒下，塌落沙灘，攔住路維的去路，同時，一頭受驚的棕色動物從塌樹之處奔出。

那是一頭足有150公斤重的大棕熊！

面對突如其來的雷轟、塌樹、棕熊，路維害怕得僵立原地，不能動彈。

棕熊乍見路維，起先也是一呆，未幾，牠把驚慌的情緒轉化為憤怒，人立而起，仰天怒嗥。牠看似認定路維是雷轟和塌樹的元兇，為了自保，牠要剷除這個「威脅」。

「危險！路維，快逃呀！」沙維手足無措，跺足大叫。

驚慌過度的路維，依然呆若木雞。棕熊噴着氣向他撞過去。

我回身用手刀「啪」的砍下一根樹枝，一邊冒着風雨奔出沙灘相救，一邊高聲喝道：「攀上樹！路維，快……」

可是，遠水不能救近火，我還未趕至，棕熊已擒住路維的肩膀，張開巨口，噬咬他的左前臂左右撕扯。路維肉破骨折，血流如注，尖聲淒叫，痛苦萬分。顯然，血腥已誘發棕熊的殺性，這樣下去，不出十秒，路維必死無疑。對付這頭龐然巨獸，我實在沒把握，但即使沒把握，也要奮力一試。我搶步上前，雖然使不慣手，但仍以樹枝作梨花大槍，挺「槍」直刺棕熊臉門。棕熊惱極，放開路維，轉身揮爪抓拍樹枝。我的氣力遠遠及不上牠，樹枝應聲脫手，飛出丈外。棕熊狂嗥一聲，人立起來撲向我，牠的身量比我高，長逾十厘米的綠色爪甲像一排尖刀，從頭頂劈抓而下。我連連退馬，左閃右避，雖則沒給牠擊中，卻也險象環生。

此時，沙維和朴秀惠雙雙跑到，兩人都不敢欺近，站在相距十米之處拾石頭擲向棕熊。棕熊皮肉粗厚，石頭打在牠身上，不痛不癢，除了擾亂牠的注意力，起不了作用，然而，對我的反擊卻大有幫助。我趁棕熊回頭直視朴秀惠之際，側身竄到牠身後，以十成功力，一拳擊在牠的後腦之上。棕熊痛得狂吼怪叫，搖搖晃晃的轉身反撲，要擒抱後方的敵人。我低頭貼地一滾，避過熊掌，矮身而走，看準棕熊的肚腹，寸勁發掌，勁透臟腑，猛不可抵。棕熊中掌吃痛，嗚嗚哀叫，四腳着地，遁入樹林。

我躺在地上，呼呼喘氣，剛才那一擊，好險！我若打牠不中，或者打牠不痛，勢必被牠反客為主，按在巨爪之下，像倒楣的路維一般，任其噬咬。

「你沒受傷吧？」朴秀惠跑過來。

「我沒事，路維的傷勢看來不輕。」

「你好勇敢呢！」

「過奬，我們去看路維。」我握着朴秀惠伸出的手，從地上挺身而起。

「路維，你要挺住呀！」沙維跪在路維旁邊。

看時，路維已陷入半昏迷，我們合力把他扛回樹下。沙維從機艙裏搬來急救箱，路維的肩膀被棕熊抓得皮開肉綻，左臂的傷更深及骨頭，棕熊把他的前臂骨咬碎了，我們花了許多功夫，才替他止了血。然而，外傷尚不足以致命，最糟糕的是他中了毒。肩膀傷口的肌肉隱隱透出一股綠氣，綠氣更沿着肌理向外蔓延，蔓延的速度還相當快。他的半昏迷非因傷痛，而是中毒。

「他究竟中了什麼毒？」沙維喃喃道。

「我記得棕熊的爪甲也呈綠色，牠大概在樹林裏觸及什麼有毒植物，當牠抓傷路維時，毒質由創口滲入路維的身體。」

「我們沒解毒藥物。」沙維翻弄急救箱，一籌莫展，「怎麼辦？」

「我進樹林找找看。」

「你想找那熊？」朴秀惠大感奇怪，「即使你在牠身上查出那是什麼毒，也配不到解藥，這裏沒醫院，沒藥房。」

「錯了，天地間萬物生剋之理，一物剋治一物，例如凡毒蛇出沒之處，七步之內必有解救蛇毒之物……什麼？你們沒讀過《神鵰俠侶》嗎？算了，你們沒《神鵰俠侶》。」我把圓筒形夾網防水匣掛在肩上，「你們在這裏照顧路維，我進樹林裏走一個圈。」

「阿Wing，你救了路維的性命，我感激不盡。若救兵來到，我不會撇下你離去的。」沙維苦笑一下，擺擺手，指着我肩上的防水匣，「不是為了這東西，我們欠你恩情。」

「待會見吧。」

「慢着，」朴秀連追上來，「我跟你一起去。」

我不置可否，昂首開步，走進樹林。她要來，我不會阻止，自從我拿到掛在肩上的東西後，她閃爍的目光沒一刻離開過我的防水匣。

6

我從更衣室裏出來，已換上拍賣行的職員制服。

「你在搞什麼？」朴秀惠在更衣室外面等得極不耐煩。她已穿回那件黑色的長身薄外套，無需露出肩膀、大腿色誘男人，她把艷光統統收在外套底下。

「合身吧？」

「領帶歪了少許。」她湊上前來，替我移正領帶，手法相當熟練，「你還沒說，到底在搞什麼？」

「山人自有妙計。」我打量牆上的指示牌，再看看腕錶，「時間差不多了，我們各自進入拍賣廳，得手後，在停車場會合，你預備接應的車子。」

「拍賣廳？那裏人山人海啊！眾目睽睽之下，又有警衛監視，你如何下手？」

「我既不偷也不搶，警衛不會干涉我。」

「喂，你至少告訴我你的計劃……」

「口殊——」我把食指放在她的唇上，眨一下左眼，從容轉身，輕輕鬆鬆的走向拍賣廳。

朴秀惠拿我沒辦法，滿腦子疑問、一肚子悶氣的跟在我身後。

西側長廊直通拍賣廳，推開米白色的雕花拱門，進入廳堂。無柱式設計的廳堂，樓高四米，天花和四壁嵌滿壁畫，美輪美奐，典雅堂皇。衣香鬢影，客人一列列的坐着，面向台階，都目不轉睛地瞧着台階上的主持人，以及掛在他身旁的「十八應真圖卷」。坐得較遠的，則觀看座位附近的屏幕視象直播。

「十八應真圖卷」出自明代畫家吳彬手筆，非常珍貴。

「一億六千九百萬，一次。」主持人拾起木槌，環視台下。

大家紛紛左顧右盼，期待更高的競投價錢。

「一億六千九百萬，兩次。」主持人舉起木槌，「一億六千九百萬，三次。成交。」

「卜——」

台下一片掌聲。

我不動聲息的步上台階，站在主持人後側，垂手而立。朴秀惠也進入拍賣廳，看見我的舉動，登時一臉狐疑。

「接着的拍賣品，編號KT7516。」主持人鄭重宣布，「圖軸，清代絹本，長139.3公分，闊80.2公分。」

一名女職員把「十八應真圖卷」取走，蓮步姍姍的踱回後台。另一名女職員從後台捧出一個錦盒，我上前幫忙打開錦盒。女職員並沒認真看我，只是輕輕說聲「麻煩你了」，便讓我把錦盒裏的圖軸取出，展開，小心地掛在主持人身旁的金屬架上。

台下一片嘩然，朴秀惠看得傻了眼。

「沒錯，這幅畫是曾在滿清皇宮裏當官的義大利人郎世寧的作品『八駿圖』。大家一定奇怪，眾所周知，郎世寧的『八駿圖』現藏台北故宮博物館，怎可能在此拍賣？」主持人故作停頓，賣個關子，再施施然說下去：「讓我告訴大家，『八駿圖』其實共有兩幅，一幅是試筆，郎世寧不甚滿意，例如畫中馬匹過胖，所以送給滿清皇帝，即台北那幅。」

台下一陣笑聲，笑聲過後，主持人繼續侃侃而說：「另一幅較滿意的，郎世寧攜回義大利，送給義大利君主，一直藏於羅馬皇宮之中。第二次世界大戰後，『八駿圖』一度失蹤，原來落入私人收藏家手上，現在該家族公諸同好，底價一億，請各位踴躍出價。」

我偷偷瞥幾眼掛在架上的「八駿圖」，幾年前，我在台北看過另一幅，仍有印象。兩幅畫的佈局相同，都以一棵壯實粗大的柳樹為中心，在樹下，繪有八匹色彩不一的駿馬，或坐或臥或站或嬉戲，神態生動，栩栩如生。技法結合中國傳統水墨畫與西洋畫的特色，着重色彩明暗聚焦透視，馬匹和柳樹極富立體感。至於相異之處，這幅右下角的簽名是義大利文，台北那幅，則是工整的倣細明體書寫，另外還有「太上皇帝之寶」、「乾隆御覽之寶」兩個硃砂大方印，以及「乾隆鑑賞」、「嘉慶御覽之寶」等九個小印。這幅若如主持人所言，屬羅馬皇宮的藏品，當然沒那些附庸風雅、俗不可耐的「御覽」印章，不過，最大的分野是畫中馬匹，台北那幅的略嫌「超磅」，而這幅中的，匹匹健壯。

「三億二千萬。」

競投熱烈，大家爭相出價。有人肯花錢去買，有人肯花錢聘請朴氏兄妹去偷，足見這幅「八駿圖」絕非贗品。

「三億五千萬……三億八千萬……四億……還

有沒有更高的出價…… 四億，一次，四億，兩次，四億，三次。成交。」

「卜──」

掌聲更響。

我小心收起「八駿圖」，放回錦盒之內。

「接着下來的拍賣品，是編號ZY2451……」

此刻，在拍賣廳裏，除了那位成功買家外，大家的目光都放在下一件拍賣品之上，再沒人留意「八駿圖」。我不疾不徐的携着錦盒轉入後台，步履不停，穿過後台，由職員通道離開拍賣廳，從宴會廳、酒吧、名錶店、精品店門外經過，來到長廊盡頭，推開太平門，步出停車場。

才站定三秒鐘，正前方，有人閃亮車頭燈，是朴秀惠。

我走過去，登上她的車。

「你怎做到的？」她一臉難以置信，「竟沒人攔阻你……」

「開車吧，你想等保安員追出來嗎？」

「哦。」她如夢初醒，馬上開車。

「本年初，一幅價值三千萬的油畫，被拍賣行的清潔工人連同其他垃圾運往堆填區。」我拿起車廂後座的圓筒形夾網防水匣，再打開錦盒，把圖軸挪到防水匣之內，「現在，這幅名畫，被拍賣行的臨時職員送上賊車，都是制度漏洞加上人為失誤，需要檢討。」

「噓！不可思議。」朴秀惠盯一眼我膝上的防水匣，「早知過程如此簡單，我和哥哥就不必勞心費神，花時間策劃，花功夫冒險啦！」

還有犧牲色相，我笑而不語。

車子離開酒店漸遠，向碼頭區駛去，始終沒追兵。

當然沒追兵，過程表面簡單，背後卻複雜。我在更衣室裏更換職員制服之前，打了一通電話給上司M，當我換好制服後，M已聯絡拍賣行的高層。那位高層一聲令下，整個拍賣會場的大小職員一律對我的所作所為視而不見，所以，整個過程可說簡單，也可說複雜。

不管白貓黑貓，捉到老鼠的就是好貓；不管簡單複雜，釣到大魚的就絕不簡單。

II
荒島歷險
阿Wing在執行任務時，
因飛機失事流落荒島。
在海盜環伺、彈盡糧絕之際，
他如何自救？

1

雨過天青，風輕浪靜，留在沙灘上，不管游泳抑或曬太陽，都屬不錯的「娛樂」；然而，我偏偏愚蠢地選擇深入樹林，還有一個更愚蠢的人跟在我身後。

樹林內，一片泥濘，路途崎嶇，一步高一步低的，踏過雜草，蹚過爛泥，踢過碎石，下一步是腳踏實地，還是泥足深陷，完全沒法預計。滑步、摔倒甚至拗傷腳踭，都有可能發生。而且，樹冠重疊，枝葉橫生，遮天蔽日，幾乎把所有日照擋隔，我要走得很近，才看得清楚掛在頭頂枝椏上的，是籐蔓，不是毒蛇。如果那是毒蛇，距離這麼近，牠要咬，我無從閃避。

我後悔了。

「喂，這裏，會不會……有蛇……」朴秀惠扯我的衣袖。人同此心，心同此理，她也後悔。

「樹林，本來就是蛇蟲鼠蟻的天然居所，我跟你說沒有，你也不會相信。」

「這裏太古怪了，明明是個海島，島上竟然有棕熊。」

「對，就連棕熊也有，說不定還有獅子、老虎、金錢豹。」不是說笑，我不敢排除這些可能。

風吹葉動，葉上的積水「嘩啦」灑下，弄濕了我們。這涼水似在提醒我們，要清醒面對現實，不要盲目逞強。

「周圍又濕又滑，陰陰暗暗，根本難以辨認毒物和解毒之物。路維的傷，我們恐怕愛莫能助了，不如，我們……」

「不如我們回去吧。」我馬上接口。

「對，好主意，噢──呀──」

朴秀惠不知踢着什麼，絆了一跤，跌撞過來。我連忙扶住她，胸口卻被她的額頭撞痛，不覺後退一步，後腳踩進軟泥裏，立足不穩，攬住她雙雙往後栽，左肩撞着樹幹，反彈向右跌進一叢有刺的羊齒植物之中。

「哎，好痛……」

「喲，好癢……」

「你別壓着我。」

「你不要箍住我。」

「我沒箍住你，那是樹籐。快，挪開你的腿。」

「你推我一把，地…… 很滑…… 噢 —— 」

「呀……」

2

「哥，失敗了。我們要撤退。」朴秀惠失望地說。

「這個時候，不要跟我開玩笑，你們怎可能失敗？」通訊耳機裏傳來朴城武驚愕的聲音。

「阿蟲的情報出錯，保險庫裏多了一個裝置，我們毫無準備，一時之間沒法破解。」

「可惡！阿蟲那混蛋…… 唉，沒時間了。那，算了吧，撤退。」

「等一等。」我插口阻止。

「你儘管放心，我給你的上期酬勞，你不必退還。」

「我不是這個意思。你到底想偷什麼？我可能另有辦法，不要太早放棄。」

「別花時間了，你有多大能耐？會有什麼辦法？」朴城武心情太壞，聲音相當粗魯。

「『八駿圖』。」朴秀惠將信將疑地打量我。

我從她的外套口袋裏取出拍賣會的程序單張，眼睛隨着指頭由上而下的掃過，很快，找到『八駿圖』的大概拍賣時間，忙說道：「尚有時間，可以一試。」

「你打算怎樣偷？」

「我不花功夫解釋了，你相信我就可以。現在，依我的方法去做。」我把通訊耳機從耳孔拔出，關掉，「首先，不讓你的哥哥打岔。」

「你……」

「你想要『八駿圖』的話，就要跟我合作，走吧。」

3

我和朴秀惠狼狽地從地上爬起，渾身泥污，她看着我，我看着她，一時哭笑不得。我們的模樣，活像打完一場泥漿摔角，簡直是糟透了。

不久之後，更糟的狀況出現，我們在樹林裏迷失了方向。

「我們好像應該向左走，那邊才是沙灘。」朴秀惠疑惑地說。

「你肯定？」

「其實，並不肯定，但，我們進入樹林不是很久，離沙灘不遠，可憑水聲覓路回去。」

「小姐，我們身處荒島之上，四面環海，四面都是水聲。」

「不，那邊的水聲，不單止較近、較清楚，還有點與別不同，沙灘一定在那邊。」她扳我的肩，「相信我，走，你開路。」

我遂她的意，撥開長草向前開路，但走了二十多步又察覺不妥。

「喂，你為何停下來？」朴秀惠狐疑。

「不對，海邊的地勢較低，我們則愈走愈陡。」

「說的也是，那麼，我們反方向走，便會回到沙灘。咦，你還站着發呆幹什麼？轉身走吧。」

「不對。」我甩開她的手。

「又不對？」

「你聽，那邊的水聲，跟我們在沙灘所聽的潮聲浪聲並不相同。」

「是嗎？唔，對，聲音的確有點分別。」

「過去瞧瞧。」說完我就邁開步。

「喂，你走慢點，等我一下⋯⋯ 喂⋯⋯」

我愈走愈快，並非故意不等她，而是所經之處，逐漸石多泥少，腳下愈來愈好走，步速不期然加快。再走一會，樹木也漸見疏落，日光透進，視野明朗開闊，就愈加放心邁開腳步，無需擔憂絆着阻路之物。

水聲潺潺，我差不多可以肯定，我們即將穿出樹林，而樹林外面有一條河，一條流着淡水的河，想起也心跳加速啊！

「嘩！阿Wing，嘩！前面有……」朴秀惠感動得說不出話來，只管快跑趨前，跑在我前頭。

「你別跑得那麼快，小心又摔倒……嘩——嘩——嘩——」一看，我登時雙手抱頭，感動得大吵大嚷，因為出現在我眼前的，豈止一條河那麼簡單，那是一道泉水從離地三十米的岩隙飛瀉而下，注入山岩下的一泓水潭之中，泛起珍珠一般的白沫，一彎七色彩虹於飛泉與白沫之間若隱若現。

「瀑布呀！瀑布呀！」朴秀惠手舞足蹈地跑跳過去。

這道談不上什麼瀑布的飛泉，對於連續四天靠賴雨水為生的我們，其震撼度遠遠超過看見尼亞加拉瀑布。

朴秀惠越過一排芭蕉樹，「噗通」的跳進水潭裏。

芭蕉，太好了，這島上的土產，不止芒果一種。

「阿Wing，潭水很清涼呢！」朴秀惠從水裏冒出頭來。

實在太吸引了！

我卸下圓筒形夾網防水匣，一個飛身也躍進水裏去。

4

酒店與拍賣行屬同一財團經營，拍賣行因利乘便的安排參加拍賣會的客人入住酒店，食宿消費，在同一幢建築物之內，肥水不流別人田。

拍賣廳設在二樓，存放拍賣品的保險庫位於地牢。保險庫保安嚴密，完全密封，以全自動化操作，為防「內鬼」，除了提存拍賣品，沒人可以進入或逗留在保險庫之內，而每次提存，都由至少三名隨機組合的保安員負責，分工合作，也互相監視。保安員運送拍賣品，乘搭專用的升降機由保險庫直達拍賣廳，中途遇劫的風險極低，盜賊要打拍賣品的主意，一點都不容易。

我入夥之前，已做足功課，當然在朴秀惠跟前，扮作懵然不知，朴氏兄妹畢竟是盜竊高手，自有他們的辦法。所謂百密一疏，世上沒十全十美的保安系統，不論如何周密，定有漏洞，關鍵在於賊人能否找出漏洞所在，我拭目以待。

我尾隨朴秀惠來到保險庫的鋼門外面，這道鋼門厚逾半米，沒匙孔，沒把手，沒讀卡器，沒密碼鍵盤，門與門框之間幾乎是零縫隙。一般的破門手法，如百合匙、撬毀、爆破、複製匙卡、破解密碼等，全不管用，惟一的入門途徑，是「欺騙」門上的瞳孔識別器。

朴秀惠二話不說，取出智能手機狀的電子儀器，開啟軟件，發放一個立體的眼球影像，對準瞳孔識別器。

「卡——」鋼門打開。

就是這樣，過程實在簡單得很，當然她為取得瞳孔圖像所費的功夫，我自問辦不到。不得不認同，漂亮的女人，總有其過人之處。

「CCTV也搞定，你們可以進去。」朴城武的好消息在耳機裏適時傳出。

「輪到你了。」朴秀惠交給我一塊紅外線鏡片。

「嗯。」我微微點頭，走進保險庫，站在一條長三十米、高兩米、闊三米的通道前端，通道盡頭是一個擺滿金屬櫃子的保險室。天花板上的三組懸掛式管道之中，右側的一組刻着「FM200 Poison Gas」的警告字樣，FM200毒氣應用於迅速滅火而又不弄濕地方，人吸入體內卻會致命，顯然，企劃的人認為櫃內的物件，比人命更值錢。

朴秀惠也進來，帶上門，耳機隨即失去訊號，保險庫的保安設計果然精細，無形無體的無線電也不得其門而入。

我把紅外線鏡片套在眼鏡之上，平平無奇的通道，馬上機關盡現，一根根紅外線自牆壁兩側不規則的射出，縱橫交錯的佈滿由地面至離地一米半的通道空間。進來的若是正常的保安員，他們會通知控制室暫時關掉紅外線。我們作賊的，偷進來，當然不讓控制室知道，何況，現在控制室的CCTV系統已被朴城武透過網絡入侵，保安屏幕顯示的仍是空無一人的保險庫。故此，紅外線不會關掉，要找一個能夠立定跳越三十米、高度不低於一米半的人，除我以外，還有誰人？

「跳過去後，要取什麼？」

「你跳得過去，我才告訴你。」

「好。」我搓搓雙手，屈曲兩腿，擺臂向後，以腳前掌撐地，身體重心略為傾前，心中默念一……二……

「且慢。」蓄勢待發之際，朴秀惠突然按住我的肩頭。

「你搞什麼？」我給她一阻洩氣，兩眼反白。

「通道盡頭，保險室之前，多了一張地毯，跟阿蟲給我們的資料不相符。」她用指頭掃撥手機屏幕，掃走瞳孔照片，拖出另一幅保險庫的照片，兩相對比，現在的確多了一張地毯，可疑！

「有沒有望遠鏡？」

「你以為我的手袋是百寶袋嗎？」朴秀惠橫我一眼，卻仍拿出一個Zeiss Mono便携式單筒望遠鏡。

我接過望遠鏡，小心觀察那張地毯，不禁倒抽一口涼氣，好險！

「那地毯連接感應器，你看。」我把望遠鏡還給她，「它能探測地板的重量變化，我跳過去，能夠着地無聲，卻不能着地無重。」

「你可以跳遠一些，越過地毯才着地。」朴秀惠邊看邊提議。

「沒用的，那組感應器看來非常敏感，相信，附近地板的輕微震動，也逃不過它的探測。」

「阿蟲真大意！」朴秀惠咬咬下唇，「還收我們這麼多錢，他真該死！」

「可能地毯是新添的。」我仍為阿蟲說句好話，雖也認同他大意兼該死。

「功敗垂成，被逼放棄。」她輕輕歎氣。

這趟行動倘若失敗，我便沒機會透過朴氏兄妹接觸那神祕買家，他們可輕言放棄，我卻不能。

5

從水裏上來，用清水洗淨身上的泥污，沒海水的鹹腥黏濡，感覺分外清爽。我們躺在水潭旁邊一塊平滑的大石上，一面享受陽光把頭髮和衣服曬乾，一面享受美味的香蕉。我已吃了兩隻，正剝開第三隻。

「阿Wing，我們來得挺合時哩。」朴秀惠露出四天以來的第一個笑容。

「什麼合時不合時？」

「你看，瀑布的水量比前減少了，晚一點來，只剩一潭死水。」

「山岩上貯水的地方看來不大，剛才所貯的雨水流光了，泉水自會斷流。」

「這島每天都下雨，明天一下雨，我們便跑過來，或者乾脆搬過來，留在水潭旁邊。」

「不留守沙灘，萬一救兵來到，或者有船隻駛過，我們便錯失獲救的機會。」

「說的也是。」她抿着嘴巴。

「咦？」

「你眼怔怔的盯着瀑布，上面有不妥麼？」

「在泉水後面……」

水量減少，泉水後面的山岩之間，露出一些非天然的東西。

「我也看見了，奇怪，那好像是一道門……」朴秀惠的表情古怪，她大概不相信自己所說的和所見的。

有門表示有人居住，荒島乃沒人居住之處，兩者互相矛盾，對於她感到奇怪，我卻不覺奇怪。

「我上去瞧瞧。」我把香蕉塞進嘴巴裏，棄掉蕉皮。

「我也去。」

我們一前一後的繞過水潭，來到泉水之下。此刻水量更少，從這個角度往上望，一目了然，那是一道鐵門，門上軚盤狀的開關把手清晰可見。

「不可思議啊！這個荒島不但有頭棕熊，還有一道鐵門，門後會有些什麼呢？」朴秀惠嘖嘖稱奇。

「一路過來，不見那頭棕熊的蹤影，說不定，這時牠坐在門後，戴起眼鏡看今日的報紙。」

「鬼話。」

再走近一些，更不可思議的，是竟有一道依着岩壁開鑿的石級，直達鐵門，石級周圍長滿青苔和籐蔓，看似很久沒人在石級上走動。

我首先在石級的青苔上印下足印。

拾級而上，雨後青苔濕滑，我們都步步為營，或扶着岩壁，或抓住籐蔓。儘管一旦失足只會掉落水潭，不傷性命，但今天在樹林裏已摔夠了，不想再摔。

順利爬到鐵門之前，門上鏽蝕斑斑。我着朴秀惠退在一旁，然後站穩馬步，嘗試轉動那軚盤狀的開關把手。一如所料，把手紋絲不動，相信鐵門長期關閉，也沒人維修，風吹雨打，內外都長了鐵鏽。我再使勁左右搖動把手，搖了一會，左邊開始鬆動，我於是緊握把手，猛力向左旋，朴秀惠也幫忙出力推。

把手終可大幅旋動。

「軋——」聽見門閂移動的聲音，鐵鏽和砂泥自門頂掉下。

當把手向左旋盡，不能再動，猜想門閂亦已退盡，我用肩膀抵住鐵門，咬緊牙關，一吸氣，向內推逼，鐵門「咧咧」的一分一寸退開。

門後飄出陣陣穢氣霉味，也是一如所料，不過亦出乎意料的，裏面光線充足。

「靠在我後面。」我小心地踏進去。

這是一個巨大的山洞。

「你還以為裏面有猛獸嗎？棕熊可不懂開門……」

「熊！牠真的在這裏！」

「嗄？」朴秀惠在我背後伸長脖子，探頭張望。我們都看得傻了眼，那頭棕熊竟然站在我們前面大約十米之外，牠雖沒戴起眼鏡看報紙，但牠出現在一個我費盡九牛二虎之力才把鐵門打開的地方，已是匪夷所思。

看樣子，牠認得我，也害怕我，我在沙灘所發的一掌，痛得牠難以忘記。牠大概以為我追殺到來，哀嚎一聲，轉身便逃，筆直的逃進山洞深處，拐彎不見了。牠顯然熟悉這地方，這地方一點都不似棕熊居住的山洞，破爛的文件櫃、工作桌、椅等物到處亂放，還有大大小小的鐵籠不下數十個。難以想像的是，洞頂有些位置安裝了天然採光所用的厚玻璃磚，所以日間山洞內光線充沛。

「這……裏是什麼……地方？」朴秀惠目瞪口呆。

我拾起地上一根鐵枝，追進洞內看個究竟，為防「趕熊入窮巷」，手裏拿着武器，便不怕牠反噬。

愈深入山洞，愈多形狀奇特的器物出現，我們都無心研究那些是什麼東西，一心只想找出棕熊躲到哪裏去了。沿途並沒岔路，尾隨牠的腳蹤，左右各拐一個彎，迎面是一幅坍塌的洞壁，原來這兒才是棕熊的出入口，怪不得牠不需打開那道生鏽鐵門便能進入山洞。

我們躍過破口前的亂石，追出洞外，所站之處，是一個山坡頂部，棕熊跑下山坡，牠身上的毛像波浪般上下起伏，正望山坡下面的樹林逃去。

「牠跑得真快！」

「阿Wing，這個位置可看到沙灘呢。」

說着，一束白煙從沙灘沖天升起，那是個訊號彈，一定是沙維放的。

「呯——」訊號彈在上空爆出一朵白煙花。

沙維發射剩下不多的訊號彈，顯然看見船隻經過，發訊號求救。

「船呀！那邊有一艘船呀！它開始轉彎了，船上的人看見訊號彈。我們有救了！Yeah——」朴秀惠指着遠方海上，興奮地尖叫。

我把手掌平放額前遮擋陽光，瞇起雙眼，眺望海上。沙維站在沙灘平視海面，只見有船，不知那是什麼船，而我站在山坡頂部，居高臨下，可以辨別那是什麼船。

那是……糟糕！

6

朴秀惠除下黑眼鏡，把它遞給我，理所當然地說：「請替我保管，勞駕。」

「不用客氣。」

暈黃的壁燈照耀下，她的「小鹿眼妝」顯得深邃、秀美、惹人憐愛，一雙水汪汪的大圓眼，隨時勾走男人的三魂七魄，我慌忙收懾心神。

接着，她除下黑色Coach束腰束袖長外套，也理所當然地把它遞給我，不發一言，轉身面對升降機旁的豎鏡，稍為整理她的一身「戰衣」：一襲Max Mara酒紅色貼身露肩迷你裙、一條Cartier 18K玫瑰金Leve項鍊、一雙黑色Moschino 四厘米高跟鞋。

最後塗上一層亮麗的Laneige K-Beauty口紅。

我傻瓜一般的站在旁邊，像個陪伴妻子逛街、購物、試衫，替她挽外套、手袋，隨時預備刷卡付款的乏味男人。

「現在開始，我們改用耳機通訊。我們這款通訊器很先進，你說話時不必用指頭按着耳背。」

「Yes，Madam。」

她確定衣妝沒問題，朝我眨眨右眼，便向酒吧走去。

我站在原位，裝作觸電似的震顫一會，待距離拉遠，才開步尾隨她進入酒吧，選了一張靠近出入口的卡座坐下，把她的外套和黑眼鏡放在大腿外側與牆壁之間，不讓人看見。

酒吧的客人不多，這個時間，酒店客人大都留在拍賣廳裏，這是他們入住這酒店的共同目標。我大略環顧酒吧一周，直覺告訴我，朴秀惠的目標是那個獨自坐在吧枱左側半圓形雅座的男人，四十歲左右，把一頭深色的頭髮燙得貼服，身穿挺直的深色西裝，架起腿，左手指頭在膝蓋上無意識地敲敲彈彈，右手正端起酒杯。

朴秀惠經過他的雅座時，故意放慢腳步，也故意不察覺他的存在，讓自己給他的眼睛捕捉。就在她優雅地輕抬玉手，用食指把額前一撮秀髮撥開時，他「捕捉」到她了。他怔了怔，放下酒杯，在側面從頭到腳的打量她一遍。醉翁之意不在酒，她比杯中酒更加吸引。

朴秀惠一逕走到吧枱前面，坐在高腳椅上，說：「請給我一杯馬天尼。」

「是，請稍等。」酒保停止擦亮酒杯，露出親切的微笑，先在她面前放下一塊方形的杯墊、一小碟雜豆，再為她調酒。

朴秀惠把手肘擱在吧枱邊緣，兩手的指頭交疊撐着下巴，喉頭發出一聲微弱的歎喟，意味着經過一段辛勞、長途的旅程，來到異地，卻要無聊地度過孤單的漫漫長夜。

真的我見猶憐。奏效了，那男人拿起酒杯離開他的雅座。

侍應走過來，我點了一杯啤酒，便佯作玩手機遊戲，繼續監視。

酒保調好馬天尼，端給朴秀惠，朴秀惠待要打開手袋取錢包。

「讓我請這位小姐喝一杯。」那男人在最合適的時間把一張又直又新的鈔票滑過吧枱。

朴秀惠裝出被嚇一跳，或受寵若驚的樣子，右掌掩住胸口，一雙「小鹿眼」斜斜的往上凝望片刻，道：「噢，你太…… 慷慨了……」

「這是我的榮幸。」他瀟灑地說。

酒保打算退回餘款。

「留下作小費吧，佐治。」

「謝謝你，李經理。」

「李經理，你是酒店的…… 高級職員？」朴秀惠啜飲一小口馬天尼，「這是貴酒店的款客之道？」在晶瑩的杯邊留下誘人的朱紅唇印。

「不，我是拍賣行的，酒店與拍賣行獨立營運，再者，我已下班。」他順理成章地坐在她身旁。

「這時間，拍賣行的人正忙碌喔。」

「我負責行政和財務，他們完成拍賣，才輪到我工作，明天，我將忙透了。」他舉起酒杯，「向明天致敬。」

「對，我明天也是忙透。」朴秀惠也舉起酒杯。

兩人輕輕碰杯，對飲一口。

侍應送來啤酒，我付錢，把酒推在一旁。

「什麼風把你吹來本市？參加拍賣會嗎？」

「當然不，我沒那麼富有。」朴秀惠嫣然一笑，笑時微啟雙唇，恰到好處的，讓他看見她的舌頭性感地舐弄牙齒和嘴唇。

他含笑地欣賞她，也等候她說下去。

「是這樣的，首爾的總公司派我來這裏的分公司核數。助手替我預訂這間酒店，說是六星級，唔，不錯是頂豪華的酒店，可是，對我來說，地方和設施有點兒沉悶。」

「對，這酒店太過老氣，不適合年輕的、有活力的女士。」他不放過任何讚美她的機會，「怎麼？一個人在此飲悶酒，貴分公司的同事不盡地主之誼？」

「他們？一來，我是突擊核數；二來，他們只會視我作女巫。」

「呵呵，我倒沒見過如此美麗的女巫。」

「過獎了。」她略帶羞赧。

「我坐在那裏。」他堆滿笑容，「請過來一起坐，聊聊天。」

「這個……」她看看腕錶，低頭考慮。

「時間尚早，坐一會吧。」

相信她踏進這間酒店前，已對這位李經理作過詳細調查，了解他的職權、喜好、性格、家庭狀況。依我的觀察，這人是拍賣行的高層，年薪數百萬，大概還有點父蔭，少年得志，平步青雲，沒遇過什麼挫折，自信心與能力恐怕不成正比，未婚，沒固定女伴，自恃是鑽石王老五，風流成性，下班後習慣在這酒吧喝一杯，稍晚一些便往城中的夜店去獵艷。

對付這種男人，要欲拒還迎，吊他的胃口，給他挑戰，讓他得到征服感。朴秀惠如一口答允，他反沒興趣，甚或以為她是妓女。

朴秀惠遲疑地咬着嘴唇，沒拒絕，也沒答允，表示她並非隨便接受陌生男人邀請的女孩子，但她對他感興趣，正在掙扎，不過這掙扎不能拖得太久，只適可而止的略為給他緊張一下。她的考慮時間拿捏得非常準確，當他的興致即將減退之際，她含羞地點頭，矜持地說：「坐一會，可以的。」

他散發一種首回合點數領先的輕盈，從高腳椅站起，殷勤地端起兩人的酒杯，領她回到他的雅座，再囑酒保多開一瓶香檳。

朴秀惠真有一手，栽在她手裏的男人，相信為數不少。

到底，她要在他身上套取什麼？

「還未請教？」

「我叫朴秀惠。」

「朴小姐，你知道嗎？本市其實一點都不沉悶，尤其夜生活，多姿多彩……」

就這樣，兩人愈談愈投契，愈坐愈親密。至整瓶香檳乾盡，他們肩貼肩的依偎在那張可擠六人的半圓形雅座的一角，她不拒絕他把手放在她的大腿之上，她讓他感到她既因酒精刺激而開放自己，也因他的俊朗、風趣、品味、闊綽而着迷。這些優點，統統是他一直引以為傲的。

「今晚很高興認識你，感謝你請我喝酒。」朴秀惠溫柔地說，「你的體貼，你的談笑風生，令我感到自己像個被寵壞的女孩。」

「這是緣分。」

「可惜，我明早還要工作……」

「唏，玩意愈夜愈有趣呢！我知道有一處地方……」已到手的「獵物」，他不會輕易讓她溜掉，然而，可悲的是，到了此刻，他還不知道誰獵誰？

「唔，讓我想一下。」她掏出小圓鏡和唇膏，補上口紅。我注意到，已不是先前的Laneige K-Beauty，這枝的效果令她的雙唇嬌艷欲滴。

「好吧，只去一會。」她仰臉俏皮地朝他眨眨右眼。

絕招一出，勾魂奪魄，即時中招。他垂下頭，她湊上去，他吻她，她讓他吻。

一、二、三、四、五秒，他軟軟倒下，她隨便搖搖他，沒反應。她取出一瓶眼藥水，用拇指和食指掰開他的眼皮，滴進藥水，搓揉他的眼肚，讓他躺下，像醉酒的人一般待一會。期間，她撕掉唇上塗滿「口紅」的透明保護膜，這「口紅」所混的迷藥藥性很猛，她要確保自己不會「誤服」。

時間差不多了，她再掰開他的眼皮，拿智能手機狀的電子器材，掃描他的瞳孔。

若沒猜錯，她為他滴的是「擴瞳藥」，令他的瞳孔擴大。

待他醒過來，除有宿醉未醒的頭痛欲裂外，還會畏光，燈光、日照不管強弱，都令他的眼睛極度不適。

這是自命風流的代價。

7

我們合力把路維扶進山洞，找一張相對較為堅固和完整的工作枱讓他躺臥。他已恢復知覺，傷口的黑氣亦停止擴散，大抵他的自體免疫能力正與病毒對抗。雖仍有發燒，骨折之處痛楚得很，但逃命要緊，他盡其所能配合我們從速逃離沙灘。過程總算順利，如今他躺在工作枱上，虛弱得近乎癱瘓，朴秀惠用水壺盛了清水，為他清洗傷口。

我與沙維躲在山洞破口的後面，監視沙灘的狀況。

海盜已經登上沙灘，共四人，都有槍。他們在Seawind 300C飛機附近搜索，不見我們，又不敢進入樹林，只留在沙灘上。

「他們打什麼主意？」沙維喃喃道。

「Seawind 300C價值四十萬美元，飛機的主人非富則貴，俘擄作人質，可以換取豐厚贖金，他們一定不會放過這個發財機會。」我瞟一眼沙維，「現在天快黑了，他們只得四人，又不熟地形，不敢貿然入林。我估計，明天待其他海盜到來，他們人多勢眾，一定會周圍搜捕我們。」

「這山洞遲早會給他們發現。」朴秀惠走到我身旁，「我們既然躲不了，逃跑也好，反擊也好，要拿定主意，及早行動。」

「我們手無寸鐵，憑什麼反擊？」沙維大為沮喪，「有機會成功嗎？」

「機會不是沒有，黑夜是我們的機會。沒武器可以自製，這裏或有合用的物件。」我回看山洞，「他們以為我們害怕，躲藏起來不敢現身，我們就攻其不備，偷襲他們，搶奪他們的船隻，逃離荒島。」

「好主意！」朴秀惠贊同。

沙維不反對，生死關頭，他別無選擇，惟有奮力一戰。

我們於是在山洞裏各自尋找合適的武器，例如折斷枱腳作棍子，揀選鐵枝作長矛，但這些東西只宜近身攻擊，對方有槍，我們還未走近，已經中彈。因此，我另揀一些重量合適的粗螺絲作暗器，又找來幾根麻繩，在末端繫一塊鐵，當作流星鎚。雖然武器預備得七七八八，對方只得四人，制伏他們總該有幾成把握，但我的心情仍不踏實，好像欠缺某種東西，那是什麼東西卻又想不起來。

「我想通了。」沙維蹬翻一個籠子。

「你想通什麼？」朴秀惠問。

「自從路維受傷後，我一直在想，為什麼這荒島上會有頭棕熊？你們看，這些大籠小籠，它們是用來飼養動物的，而這山洞的格局，倒像個實驗室。」

「你的意思是，人們把動物運到這島上做實驗？」

「極有可能。」

「然則，他們是什麼人？」

「不知道，沒一頁文件、沒一個標誌留下，他們清理得很徹底。看，這些枱椅都是過時貨色，起碼超過十年。」

「他們為什麼不把棕熊帶走？」

「可能牠長大了，不方便運送，也可能牠逃脫了，總之牠就是留了在這島上。」

沙維言之成理，我回想中午，那棕熊是受驚後方寸大亂才襲擊路維，牠的膽子其實很小，怕人，也沒山林猛獸的野性，而牠在這人工化的山洞裏出現，理由很簡單，這裏是牠從小被人飼養的「家」。

那些是什麼人？為何勞師動眾帶大批動物和器材來荒島做實驗？他們做什麼實驗？

如果棕熊是被人帶來荒島的，那隻老海鷗又是否一樣？

如果我們有機會獲救，該不該一併帶牠們離開荒島？

唉！自顧不暇，還有閒心管牠們嗎？我真是想多了。

夕陽慢慢沉下水平線，縷縷金光漂浮在寧靜的海面，同時夜幕亦慢慢包圍這片寧靜，為即將降臨的荒島月夜添上幾分神祕，也令我想起鄭愁予的一首令人費解的詩：

我從海上來，帶回航海的二十二顆星。

你問我航海的事兒，我仰天笑了……

如霧起時，

敲叮叮的耳環在濃密的髮叢找航路；

用最細最細的噓息，吹開睫毛引燈塔的光。

赤道是一痕潤紅的線，你笑時不見。

子午線是一串暗藍的珍珠，

當你思念時即為時間的分隔而滴落。

我從海上來，你有海上的珍奇太多了……

迎人的編貝，嗔人的晚雲，

和使我不敢輕易近航的珊瑚礁區。

詩有令人費解的，世事也有令人費解的，甚或根本沒答案，想不通就繼續存疑，無謂傷透腦筋而又不明所以。

8

「我不明白。」我說。

「我也不明白。」戴黑眼鏡的女子說。

「你不明白什麼？」

「我們跟阿蟲說，需要一個可靠的、有辦法凌空越過三十米的人。他推薦你，我以為你借助什麼器材，他說你能立定跳越三十米，如果是真的，我不明白你如何做到？」

「聽過輕功沒有？」

「聽過，那是武俠小說的情節。」

「真有其事的。」

「我姑且相信你，那，你又不明白什麼？」

「我不明白，你為何約我在天台見面？我來了，你卻在另一個天台之上？」

「理由很直接，你跳過來，證明你能夠立定跳越三十米。」

我靠着高一米半的天台矮牆，俯身向下望，樓高四十層，馬路上，車燈閃閃如螢火，街燈碎細如豆，看見也心寒。

「你還可以退縮，我們當作沒見過面。」

「我才不會退縮。萬一，我說萬一，我失手，跳不過……」

「你跳不過，我們的合作便告吹，我也當作從沒見過你。」

「你倒說得輕鬆。」

「我實話實說，你跳不過，我想跟你合作也不可能喔。」

「好，你站定，千萬不要眨眼。」我掛線，把手機扔掉。手機是阿蟲給我的，只能通話一次。

戴黑眼鏡的女子也掛線和扔掉手機。她身披一件黑色的長外套，站在對面的天台上，晚風把她的啡金色長髮吹亂。

我深深吸口氣，屈曲雙膝，擺臂向後，以腳前掌撐地，身體重心略為傾前，心中默念一……二……

三……

清嘯一聲，力從地起，蹬地發力，縱身躍過矮牆，飛出天台……

9

海盜把「海盜船」繫在岸邊，在沙灘上生起篝火，四人圍火而坐，一面談笑，一面喝酒。篝火燒得刮刮雜雜，火舌騰舞，火光掩映，烘得他們臉紅耳赤，固然，他們臉紅也可能因為喝酒太多。

火、酒、盜賊，是文學作品裏的絕配，例如在《水滸傳》裏，作者把這三種元素運用得揮灑自如，給人印象較深的有「火燒草料場」，林沖手刃仇人，割下頭顱，提入山神廟，將葫蘆裏的冷酒喫盡，然後提鎗戴笠，離開烈火熊熊的草料場，逼上梁山，場面悲壯。至於激情的，首推酥胸微露、雲鬢半嚲的潘金蓮，簇火燙酒，勾引武松，前者慾火攻心，後者怒火填胸，對比鮮明而強烈。

當然，眼前四人並非梁山好漢，他們只有殺人放火，沒有替天行道，我對付他們絕不手軟。

由於路維行動不便，為免阻慢我們，我們先把他安置在較遠的大石之後，再悄悄移近沙灘。奈何海盜身處的位置空曠，周圍沒木石掩護，我們最終難以偷偷接近他們，更遑論偷襲！

我亦一時大意，自製的「流星鎚」雖可作遠距離攻擊，但不能同時攻擊四人。

我們靠在石後，苦無對策，又不甘心放棄行動，處於兩難之間，這大概就是預備武器時我感到的不踏實之處。

就在此時，沙灘邊緣的樹林內傳出幾聲低沉的獸吼——是那頭棕熊。

天無絕人之路。

牠整個下午沒魚吃，想必正餓得發慌，由於海盜在沙灘上生火，牠不敢橫越沙灘到海裏捉魚，也處於兩難之間。

我瞄瞄樹後的棕熊身影，心生一計，低聲對沙維說：「給我訊號槍。」

沙維稍作猶疑，還是把槍給我。我把最後一枚訊號彈裝入槍膛之內，對準樹林。

「你幹什麼？這是最後的一枚……」朴秀惠拉我的手。

「我們成功奪船，就無需訊號彈了。」我信心滿滿的，瞄準棕熊身後大約十米之處。

「阿Wing是對的，他驅使棕熊作我們的先鋒，分散敵人的注意。」沙維明白了。

「大家預備作戰。」說罷，我放槍。

訊號彈「咻」的射進樹林，轟然爆出強光、巨響、濃煙。

海盜正酒酣耳熱，突如其來的爆炸，令他們大吃一驚，還來不及反應之際，驚惶失措的棕熊衝出樹林，朝四人撲去。

先有爆炸，後有巨獸撲出，四人更加驚惶失措。一人呱呱大叫，拋下酒瓶和槍械，沒命的逃跑；一人呆若木雞；一人忙亂摸槍，卻摸不着；一人成功摸到AK-47步槍，舉起對準棕熊。

我搶先從石後跳出，手一揚，「波」的擲出一把粗螺絲，「啪」的命中槍手。

「呯……」

AK-47走火，一排子彈射落沙地之上。

棕熊給嚇了一跳，不敢向前跑，轉身躲進另一邊沒起火的樹林之內。

同一時間，沙維截住那個逃跑的，一棍把他擊倒。

那個摸槍的，終於摸到步槍，還未舉起，已被我的「流星鎚」捲中雙腿，重重的摔了一跤。

那個呆若木雞的，依舊呆若木雞，朴秀惠跑過去，輕易繳械，把他制伏。

偷襲出奇的順利，意想不到。

然而，更意想不到的是，他們泊在岸邊的「海盜船」忽然亮燈，還傳出啟動引擎的隆隆聲。原來，還有第五個海盜留守船上，他要開船逃走。沙維趕忙撿起沙地上的AK-47，鳴槍阻止。

「啪……」

子彈的紅光劃破黑夜，擊中船尾，但「海盜船」去勢不減。

「不能讓他把船開走，那是我們惟一的寄望。」朴秀惠大叫。

我旋動另一個「流星鎚」，「海盜船」開始加速，沙維繼續開火，「海盜船」再度中彈，我擲出「流星鎚」。

「颼——」鐵塊疾飛，去似流星。

「噗——」命中目標，「流星鎚」穿進船艙。

未幾，「海盜船」減速，下沉，燈光熄滅。

是我的力道過猛？還是沙維的火力過猛？

船沉了，寄望落空。該死！

一人從沉船之處游回沙灘。

III
智取海盜
阿Wing一行四人荒島遇險，
帶着受了傷的朋友，
前有棕熊，後有海盜，
他們如何脫險？

1

「阿 Wing，我來問你，你能否在沒助跑之下跳越三十米？」

「我想，能夠吧。」

「那，我建議你儘快辭職。」

「等一等，M，你是否以上司的身分建議我辭職？」

「不，我願作你的未來經理人。」

「經理人？」

「你辭職，轉做運動員，參加奧運跳遠，贏金牌，之後，我作你的經理人，安排你接拍廣告、做產品代言人，像劉翔一樣，我們發財囉。」

「我參加運動會，對真正的運動員不公平，我不參加，也不辭職。」

「你肯定？」

「肯定。」

「Okay，我們談公事吧，你的新任務是去找出一個神祕收藏家。」

「那是什麼人？」

「神祕收藏家。」

「你不用重複，我聽到。你多少要給我一丁點線索，例如姓名、年齡、性別、樣貌特徵，諸如此類。」

「毫無資料，對不起。」

「不是吧？你要我找什麼？」

「惟一知道的是，那人有個特殊僻好，寧願出錢僱人去偷竊收藏品，也不循正常途徑去購買。」

「那人真古怪，看來，他如今已有新目標，還部署偷竊，對嗎？」

「聰明！那人慣常僱用幾個專業竊賊，其中之一是朴氏兄妹。上星期，朴氏兄妹找過阿蟲。」

「阿蟲？我們在國際大盜圈子裏的臥底特工？」

「是。朴氏兄妹找阿蟲提供一間拍賣行的保安資料，以及推介一個能跳越三十米的人。」

「我明白了，你想我接近朴氏兄妹，透過他們逮捕那神祕收藏家。但是，這等竊賊，交給警方處理不是更合適嗎？」

「一半正確。你不錯要透過朴氏兄妹找出那人，但我只想要他手上的一件收藏品。至於由誰逮捕他，抑或逮不逮捕他，你自行決定。還有那個叫朴什麼武的傢伙，是個電腦、電子專家，為免露出馬腳，你接觸他們時，不能攜帶追蹤器、竊聽器之類。」

「你到底想要什麼收藏品？」

「咦，五時四十八分，下班了。檔案在此，你自己細讀吧。」

「五時四十八分……我們當特工的，有下班時間的嗎？喂，M，你別跑，M……」

2

眼巴巴失去一艘可供逃生之用的「海盜船」，我們都好生失望。平白多了五個海盜俘虜，我們都大為頭痛。

沙維把他們反縛拴在樹下，擎槍盤問。我們明白，這幫海盜肯定不止五人，他們至少有兩艘船，五天前把我們乘坐的Seawind 300C飛機擊落後，必定分頭搜索，這五人昨日找到Seawind 300C，相信已通知其他海盜趕過來，一同登島捉拿我們，問題是，他們共有多少人？多少艘船？何時到達？

也許，我們不夠兇惡；也許，他們過慣刀頭舐血的日子，爛命一條，完全不怕我們，不管沙維如何恫嚇，一律三緘其口，不發一言。最後，沙維火了，真的要開槍射殺樣貌長得最難看的那個，威脅其餘四人就範。

我制止沙維，他們不怕死，但現階段，我沒必要取他們性命，何況攻擊無力反抗的俘虜，非人所為。

不過，既然非人所為，這工作，就交給非人的去幹。

我着沙維和朴秀惠走到Seawind 300C旁邊，陪伴路維。

「你去哪？」朴秀惠問。

「捉魚。」我走進海裏。

「這個時候捉魚？」沙維不解，「他們的海盜同黨隨時殺到……」

「你們別吵，我自有辦法要他們招供。」我熟練地捉了一尾鯕鰍，準確地把牠扔到沙灘接近樹林的位置。

沙維和朴秀惠不再發問，兩人開始明白我要幹什麼。那五個海盜則不明所以，只是面面相覷的盯着鯕鰍在沙灘上掙扎。

沒多久，林中「嗥吼」一聲，飢腸轆轆的棕熊從樹後探頭出來，狐疑地掃一眼四周的人類，然後小心翼翼的走近鯕鰍，伸出毛茸茸的巨掌把牠按住，張開牙齒尖利的巨口一口咬掉魚頭。

海盜盡皆嚇得臉無人色，不敢亂動，不敢亂叫，生怕刺激棕熊，撲過來也咬掉他們的頭。

「喂，這條魚……」我朝海盜高舉另一尾鯰魚，「我會放在你們其中一個的大腿上，誰願意作第一個？」

此時，老海鷗不知從何處飛來，降落礁石之上，歪起頭，瞧着我手裏的鯰魚。

「不，不要這樣，求你。」樣貌長得最難看的那人開腔。

「你快快招供，我的熊朋友還沒吃飽呢！」

「我叫阿里，是首領。我們共有八艘船、七十人、許多槍、許多子彈。我昨晚把我們所在的座標傳出去，最快到達這島的船，將在今天中午之前。我們作個協議，我可以把那艘船借給你們，求你不要讓這野獸走過來。」

阿里的主意雖好，但棕熊不是我所養的，我控制不了牠，惟有盡力而為。我待要把鯰魚扔進樹林內，把棕熊引回去，棕熊剛吃完鯕鰍，瞧瞧樹下五人，再瞧瞧飛機旁的三人，竟然開步朝我走來！

你要吃魚，不用過來，我扔給你吃，我頓然緊張起來。

棕熊一步一步橫越沙灘，走進水裏。

我誇張地晃動手裏的鯰魚，引牠注意，但牠沒正眼瞧我，與我相距二十米，走到海水及胸之處，一撲而下，沒入水中，難道牠……

沒錯，牠要自食其力，再從水中站起時，牠口裏咬着一尾更大的鯰魚，不屑似的橫我一眼。

我自討沒趣地瞟瞟手裏的小鯰魚，便拋給老海鷗吃。

棕熊咬着大鯰魚，大搖大擺的走上沙灘，大力晃去皮毛上的海水，大步踱回樹林裏去，全沒把島上的九個人類放在眼內。

這傢伙真神氣！牠獨自在這荒島上過活，自給自足，怡然自得，我們這批不速之客，不管被迫誤闖或有目的而來，都成為攪亂牠生活規律的外來干擾。

3

她在美國中西部一個小鎮裏經營咖啡店。

那小鎮的居民不超過二千人，地廣人稀，寧靜和睦。那裏風景怡人，除了一年颩十次八次龍捲風外，居住環境尚算不錯。

她的咖啡店主要做熟客生意，幾乎天天都是那些人去光顧她。其中有個種粟米和馬鈴薯的農夫似乎有意追求她，每天的早、午、黃昏都登門喝咖啡，又等候她收舖，借故送她回家。其實，咖啡店離她的家不遠，我感覺她非常享受步行上班和下班的時光，靜靜地走在清晨露水與斜陽餘暉的路上，她怡然自得，根本不想別人打擾，更無需那個鄉下佬接送。

她只想平靜度日，何況那鄉下佬一腳泥巴、胸無點墨、舉止粗魯，完全配不上她。

她的店、她的家，都沒安裝CCTV，我惟一見她的途徑，只靠咖啡店街角的交通監察鏡頭。我要見她，便在當地上午七時上網入侵那監察系統，可以看見她在長街盡頭迎面而來，或者在下午五時半看着她關上咖啡店的玻璃門，背向鏡頭，漫步而去。

她把長髮剪短，樣子清爽，在路上遇見街坊，總報以甜美的微笑向對方打招呼。她的衣服變化不大，最常穿的是上次回香港與雯在旺角逛街時買下的幾襲碎花裙（詳見《真生再見》）。

我喜歡看她穿碎花裙時散發的輕盈、閑逸、自然。

回想當年在列寧斯克遇見她，她風塵僕僕，不顧性命的從起火的車廂裏救出被困的男孩（詳見《太空殺人真菌》）。那時，她四處流浪，是因為罹患絕症，以不顧性命的行為抗議造物弄人。如今，她身體復原，當然愛惜餘生，不再自虐、自毀、自我放縱。

而我呢？危險任務依舊沒完沒了，上個月到北半球對付恐怖分子，這個月到南半球緝捕毒梟，回家才不過兩天。我那個所謂的「家」，一個月也住不上一星期，如果我與她一起生活，我可以狠心的把她留在家裏天天為我牽腸掛肚又不知我身在何處在幹什麼嗎？任務件件機密，她是局外人，不能跟她說，即使跟她說，她也不明白，甚至更令她擔驚受怕。即使她願意為我獨守空幃，但這是不公平的。不公平的愛情，能維持多久？情到濃時，什麼山盟海誓都能輕易說出口。沉醉浪漫的人經常高估自己的情深、輕看命途的舛錯。濃情總有轉淡的一天，這一天，不必等到海枯石爛，七年？十年？十五年？誰敢保證盟誓不變？說真的，我不敢。能兌現諾言「天地要廢去，我的話卻不能廢去」的人，曠古爍今。今天，她既然選擇過平淡的日子，或許，一個日出而作、日入而息的普通農夫，較一個自命不凡卻隨時沒命的特工，更適合她。

R走過來。

我連忙關閉程式，隨便開啟一個舊檔案，用拇指和食指摸着鼻頭，佯裝細心研讀。

R從前因隱瞞她尚在人世而陷入嚴重的內疚與抑鬱，現在R的情緒總算恢復過來。至今，我和R都自欺欺人的對此事隻字不提，雖然明知不提不等於解決問題，但處理感情糾葛，我自問是個笨人，寧願像鴕鳥一般把頭藏在沙土裏，也不願像三文魚一樣逆流而上。

「嗨，你好嗎？」R挨我坐下，瞥一眼我的電腦屏幕，「你在忙什麼？」

「我很好，我在忙什麼？我正在⋯⋯ 打開一個⋯⋯舊檔案，印證我⋯⋯ 某種想法⋯⋯」

「這個檔案已終結多年，鐵證如山，你找到新線索嗎？」

「沒有，沒有新線索，證明我胡思亂想，浪費時間。」我堆起尷尬的笑容，把檔案關閉。

「你才回來不久，應該爭取時間休息，恢復精神和體力。唉！你的新任務，不知要往何處？熬多久？」

「我又有新任務？」

「對呀。」R扁扁嘴巴，「M在找你呢。」

「Oh —— No —— 」我拉長臉孔。

看見R，我的心情本來像美國中西部的陽光一般的燦爛，M就像忽然飄來的大片烏雲，遮天蔽日，大煞風景，討厭極了！

4

阿里沒說謊，第二艘「海盜船」在中午前抵達荒島。

跟昨天一樣，這個時間，天上飄來大片烏雲，滂沱大雨將至。

「你讓我過去跟他們說。」阿里轉身背向我，「請鬆綁，我保證不會使詐。」

「我們用槍瞄準你的頭，諒你也不敢。」我解開反縛他雙手的繩索，「你獨自過去，儘快搞定，我沒耐性。」

「是。」

「海盜船」靠岸，阿里走近岸邊。

沙維驅趕那四個海盜平排在沙灘上，擋在我們身前。

第二艘「海盜船」較昨天的大兩倍多，船上的海盜至少也超過兩倍。十多人站在船邊，都握槍在手，殺氣騰騰的，隨時準備開火。阿里朝他們招手，奇怪的是，船上的人看見首領，卻木無表情，一聲不哼。惟獨一人跨過船舷，從甲板上跳下，走向阿里。那人是個禿頭漢，鼻樑上架着一副全反光Rayban太陽眼鏡，沒穿上衣，皮膚黝黑，肌肉結實，兩手空空的，似沒武器。

阿里趨前，與禿頭漢在岸邊交談，第一句是耳語，第二句是對話，第三句是爭吵，第四句是……

沒第四句了。禿頭漢從腰後抽出一柄手槍，「呯」的近距離行刑式的射穿阿里的頭，船上一眾海盜隨即舉槍。

「找掩護呀！」我一見勢色不妙，馬上把朴秀惠推進身後的樹林內。

沙灘上的海盜四散逃命。

「呯……」

對方開火，沙維還擊。

「退！沙維快退……」

子彈橫飛，飛沙撲面，硝煙亂散。

一輪槍聲過後，兩個跑得慢的海盜中彈，跑不動的路維也中彈，都倒在沙灘上。

船上的海盜統統登岸，在禿頭漢指揮下，分佔各個有利進攻的位置，慢慢向我們所在的樹林推進。禿頭漢明顯已取代阿里的地位，成為海盜首領。

天上響起一串悶雷，接着雨點降下，密密麻麻、嘩啦嘩啦的打在枝葉之上。

雨水沖淡硝煙，稀釋火藥氣味，洗刷沙灘上的血蹟，卻洗不淨沙維臉上的淚水。

5

我懷疑自己心理不平衡，每天到了這個時間，不論在作什麼，要緊的或不要緊的，總想放下，撒手不管，找個僻靜的角落上網，入侵美國中西部一個小鎮的交通監察系統，為要見她一面。上網前，我例必告誡自己，僅是見一面，不能要求更多。但當看見了她在鏡頭下出現，總嫌不足夠，恨不得立即飛往美國。我知道長此下去，對任何人——包括我和她——都沒好處，所以，很多時，我刻意不去想她，或者找點別的事情做，或者找個閒人交談，總之就是令自己錯過時間，或沒機會上網。可是，今天我實在太無聊，終日無所事事，也沒遇見什麼閒人，結果，時間一到，再次病態的偷偷上網。

6

「嗚…… 路維啊…… 我的好兄弟…… 嗚……」沙維號啕大哭，臉上、鬍子上都沾着眼淚和鼻涕。孿生兄弟，同氣連枝，心意相通，一人慘死，獨留世上那個，傷心欲絕，實乃人之常情。

可是，大敵當前，我和朴秀惠全心禦敵，都沒餘力、沒餘暇去安慰他。或者，讓他痛哭一場發洩情緒，會是合適的治療傷痛之法。

「嗚……『八駿圖』…… 我寧願不要，送給我也不要，嗚…… 路維，我只要你活下來…… 為一幅畫送命，不值得啊！一萬個不值得啊！」

「你兩兄弟原來就是買家？」我恍然地問。

「不，我們只是跑腿，聽命於親姊。」

「多年來，我們一直與你們交易，卻也不知你們還有一個姊姊。」朴秀惠也不知道他們的底蘊，「你們是，三胞胎？」

「不，沙蓮娜較我和路維年長十歲，她繼承家族財產，是我們的當家。」

「沙蓮娜……」我沉吟，「她就是那個神祕收藏家。」

「神經病才是呢！收藏個屁！我呸！就是她的古怪嗜好、古怪脾氣，要我和路維代她出面，跑來跑去，現在，更連累路維喪命！」

Okay，那神祕收藏家的身分曝光，不再神祕了，我的任務完成了一半。

「來了…… 他們來了……」朴秀惠躲在洞壁破口後面，監視山坡的動靜。明顯地，她的身體微微顫抖，可見，海盜來勢洶洶。雖然他們追蹤到來是遲早的事，但大雨一歇，他們就來到，卻是出乎意料的迅速。

「可惡！我要殺光他們……」沙維跳出洞外，向山坡之下擎槍掃射。

「呼……」

俗語說得不錯，不怕神一般的敵人，只怕豬一般的隊友。沙維魯莽浪射，不僅虛耗子彈，還暴露了我們的藏身位置。

「不可！」我撲出去，奪過他的步槍，把他拖回山洞之內。

「你幹什麼？別阻止我替路維報仇啊！」

「你聽清楚，你想吃子彈，我不會阻止你，但你不要連累我和朴秀惠。」

「對，沙維，你要聽阿Wing的話，你魯莽行事，非但不能報仇，反會喪命。」

沙維不再掙扎。

「彈藥和人數，他們佔絕對優勢。」我盯着山坡之下，「我們的優勢在於地利，居高臨下。山坡愈高，掩護愈少，我們要等他們攻上山坡，失卻掩護，才可開火，一槍一個，不能浪費彈藥。」

「唔。」沙維老大不願地點頭。

「不過，你剛才開火倒有個好處，所有海盜都聚到這邊山坡，忽略飛泉後面的山洞入口，守不住時，那邊是我們的退路。」

「呼……」亂槍如雨。

密集的子彈從山坡下面呼嘯而上，有些擊中洞壁破口，有些射進山洞之內，在我們周圍激起蓬蓬沙泥，不斷濺到我們身上。

我們都退到破口兩側，不敢郁動。

海盜的亂槍掃射，起了即時的震懾效果，朴秀惠給嚇得不住發抖，沙維則焦躁不安。相信，海盜的目的是俘擄我們作人質，勒索錢財，四已殺一，贖金減少二十五巴仙，他們不會殺死我們三人，只想威嚇我們投降。

「不要怕！我們先抵擋一陣，待他們集中火力在這邊進攻，我們從後面撤退，偷回沙灘，搶奪他們的船隻。」

「好！就聽你的。」沙維恨恨地應道。

槍聲稍歇，我閃到亂石之後，單膝跪地，舉槍戒備。

山坡上身影起伏，海盜已開始登山。雖然他們一面高聲叱喝，一面胡亂鳴槍，但他們移動得很小心，儘量利用山石掩護，不讓身體暴露在我們的槍管準星之內。這批海盜果然是專業「獵人」。

看時，那禿頭首領出現了，他在左方，剛跳到一塊大石旁邊，高聲指揮海盜進攻。

沙維拾起槍，靠過來，也看見禿頭首領。仇人見面，份外眼紅，沙維急不及待的瞄準對方。

「射程太遠，不要心急⋯⋯」

我還沒說完，沙維已開火。

「呯——」

子彈落在石上，轟起石屑，其中一塊彈飛的碎石「啪」的擊中禿頭首領的Rayban眼鏡，登時鏡毀臉破。他慘叫一聲，按住傷口，縮坐石後，破口大罵。

「可惜！」沙維咬牙切齒。

一眾海盜或關注首領的傷勢，或等候他的下一步指示，總之，四周槍聲靜止，只剩禿頭首領歇斯底里的咒罵聲。

「你射他不死，害他在手下面前出醜，他惱羞成怒，說不定……」我暗叫不妙。

「右邊，樹林！」朴秀惠失聲驚叫。

再看時，一人扛着肩托式PRG-18榴彈發射器，從樹後走出來。

「快逃！」我一手揪着沙維的衣領，一手扼住朴秀惠的腕，急急躲進山洞深處。

才逃了七、八步，身後傳來一聲低嘯，跟着感到一陣勁風從破口撲入山洞，然後強光一閃，目為之盲。震耳欲聾的爆炸，轟得我們天旋地轉，整個山坡像搖晃起來，我們摔倒地上，洞頂塌下一大片，洞壁的砂石紛紛掉落，我們都抱頭蜷縮身體。

山洞裏沙土飛揚，煙塵瀰漫，山洞外槍聲卜卜，人聲亂雜，顯然，海盜已攻上山洞。

「你們沒受傷吧？」我從爛枱爛椅堆裏找到AK-47步槍。

「我沒事。」沙維扶起朴秀惠。

「我也…… 沒事……」朴秀惠腳步浮浮。

「你們快去洞口，先把鐵門拉開。」

我「卡」的把子彈推進槍膛，確定步槍仍能發射，便轉身跑回洞壁破口，背貼牆壁。榴彈把破口炸闊，洞壁塌下更多泥石。那羣海盜扇形的圍在洞外，我反手把槍管伸出破口，由左到右漫無目標的掃射，不管有沒有射中海盜，直至彈盡，棄掉步槍，奔回山洞的另一端，趕上沙維和朴秀惠。

他們已合力拉開鐵門。

「我只能阻延海盜一會，快走。」不過，我仍謹慎地探頭往洞外四下掃視，肯定沒海盜埋伏，才跑出山洞，跑下石級，在水潭後面停下來，回身取了沙維的步槍，說道：「你們由東邊穿過樹林，返回沙灘等我，等我來到才一起搶船。」

「你去哪？」他們齊聲問。

「我把海盜引往西邊，多掙一點時間。」

「你要小心呀。」朴秀惠關切地說。

「曉得，你們先走一步，也要小心。」說罷，我跑到西邊，站在一株櫸樹前面，舉槍對準飛泉。

東邊，沙維扶着朴秀惠走進樹林，他們回頭多望我一眼，便鑽入林間不見了。我們一起經歷槍林彈雨，互相扶持，開始建立交誼。不過，這份友誼談不上深厚，若沒料錯，當我們逃離荒島，逃離海盜魔掌，返回文明世界，掛在我肩上的「八駿圖」畫軸，再次會令我們勾心鬥角。莫說我思想負面、悲觀，你若與我一樣，遇見過這麼多惡人壞事，或許，你比我更負面，更悲觀，更贊同荀子的名句「人之性惡，其善者偽也。」

此時，一個海盜走下石級，站在水潭旁邊傻呼呼的左右張望，卻偏偏看不見我，真是個笨蛋。這麼笨的人做海盜，按照物競天擇、弱肉強食的規律，不是老早沒命，就是被抓進監牢，現在活生生的站着，可算是奇蹟。未幾，跑下另一個，也是看不見我，這兩個笨蛋，做一世沒出息的低級海盜也是活該。

我不等他們發現了，瞄準兩人身後的芭蕉樹，「呯」的放了一彈「冷槍」，射中一束半熟的芭蕉，爛蕉肉散滿他們一頭，嚇得他們馬上趴在地上，臉如死灰。我饒他們一命，並非仁慈，而是為要留下活口，證明我逃進了西邊的樹林裏。

肯定他們看見我後，我轉到櫸樹後面，多放一槍，便穿入樹林深處，邊跑邊選，最後選了一株高大茂密的榕樹，把槍也掛在肩上，蹬地騰起，躍上粗椏，然後手足並用，攀到離地四十多米的樹冠，藏身闊葉之間，一動不動。

沒多久，樹下跫音雜沓，大羣海盜呈扇形的隊形從樹下經過，他們有前鋒，有後援，左右包抄，我若留在地面，必定陷入他們的包圍網內。

那禿頭首領居中，他的Rayban太陽鏡不見了，不知割下誰人的衣袖，充當繃帶裹纏頭臉的傷口，樣子怪怪的，似戲台上的丑角多於羣盜首領。

待他們統統去遠，我仿傚熱帶雨林的長尾猿，飛身撲到旁邊的大樹，右手抓緊粗籐，雙腳反蹬樹身，借力向前盪出，落在更遠的枝幹上。這樣，腳不觸地的，由樹頂躍往樹頂，一路望東邊迤邐而去。

起起落落，躍高盪低，一路順暢無礙，快到沙灘時，忽地聽見樹下傳出幾聲叱喝，一怔，攬住樹幹，腳踏樹椏，穩住身體，低頭往下看。原來沙維和朴秀惠遭兩個海盜截住，在槍枝指嚇下，被迫跪在地上，海盜正用繩索反縛沙維。

要救他們卻不能開槍，因槍聲會把西邊的海盜引回來，白費我的「調虎離山」之計。

不過，區區兩個毛賊，擊倒他們不用槍，又有何難？

我從褲袋裏摸出兩顆螺絲，扣在指間，再把步槍擲落他們身後的樹叢。

「噗——」

四人回頭。

我俯衝撲下，「颼」的彈出螺絲，正中兩人右肩的肩井穴，即時廢了他們的右臂。他們指頭乏力扣扳機，便不會發出槍聲，驚動其他海盜。接着，雙掌齊發，在兩人背心各印一掌，再打個後空翻，擺出「金雞獨立」架勢，飄然着地。

我這式「金雞獨立」，除姿勢美觀外，還有實戰用途，誰人不倒，便多踹一腳，然而，都不必了，兩人中掌倒地，一人不省人事，另一人呻吟不已，戰鬥力盡失。

我解開沙維，把繩子握在手裏，雙手奮力往外一拉，繩子「啪」的應聲從中斷作兩截，我的內力強勁，沙維和朴秀惠已是見慣不怪。我把斷繩分給他們，然後俯身脫下那暈倒海盜的上衣，強忍臭汗氣味披在身上，還戴起他的草帽，拉低帽邊遮住面龐。

「你想假扮他？」朴秀惠眨眨眼睛。

「對。」我一把將那受了內傷卻仍清醒的海盜從地上扯起，再把退掉彈匣的手槍塞進他的手裏，晃動手上的AK-47步槍，喝道：「喂！你不跟我合作，我一槍射跛你的狗腿。」

「我合作……」他給我嚇得臉無人色。

接着，我教沙維和朴秀惠握着半截繩子轉身，雙手負背，命那海盜拿起沙維手上繩子的另一端，我則拿朴秀惠的。

「等一等。」沙維在另一個海盜身上搜出一柄手槍，插進後腰褲頭，拉直衣衫遮蓋槍柄，「可以動身了。」

於是，沙維和朴秀惠慢慢走出沙灘，我和那海盜跟在後面。遠看，就像兩個海盜用繩索反縛他們，押他們返回「海盜船」，希望船上的海盜也有相同的錯覺。

當我們踏足沙灘時，老海鷗展開白色的翅膀在我們頭頂掠過。

「吔——唿——」有人吹響口哨。

看時，那人站在「海盜船」尾，右腳踩着欄杆，口裏咬着香煙，他向船艙吹口哨。

「船上還有多少人？」我用槍管敲敲那海盜的手臂。

一人從船艙出來，手裏拿着啤酒罐，也走到船尾。

「兩個。」那海盜答道。

「阿Wing，我們一槍一個，直截了當。」沙維反手握着槍柄。

「且慢，這傢伙可能說謊。」朴秀惠阻止，「船上若超過兩人，你們現在動手，會打草驚蛇。」

「我沒說謊……」

「閉嘴。」我用槍抵住那海盜的腰眼。

「我們靠近一些，相機行事。」沙維的手離開槍柄。

昨晚的功虧一簣，我們歷歷在目，都有默契地贊同朴秀惠的憂慮，認為應當慎重一點。這趟奪船實在不容有失，因為樹林裏的海盜隨時折返沙灘，到時我們前無去路，後有追兵，插翅難飛。

船上兩人攀過欄杆跳上岸，滿臉獰笑的迎着我們而來。

「嗨！你們走運了，活捉兩個，其中一個更是美女，將來論功行賞，分到大份錢，記緊請我喝酒啊！」那咬着香煙的豎起拇指。

「其他人呢？」那拿啤酒罐的問。

老海鷗拍翼飛降船尾，站在欄杆上，昂起頭，不屑似的睥睨我們。

「他們⋯⋯在⋯⋯阿勒巴古——」

「嗄？」那咬香煙的呆住。

那拿啤酒罐的會意，伸手探進衣袋裏。

什麼阿勒巴古，分明是暗語，我一腳把身邊的海盜掃跌，再打個側手翻，翻上沙維的肩頭，把他當作體操鞍馬，拍按借力彈起，凌空使個「湯瑪斯旋轉」，把自己當作一件「十字流星鏢」，張開手腳，大字形的旋飛過去，左足踢中那咬香煙的頭，右足勾中那拿啤酒罐的頭，一同摔倒沙灘上。沙維和朴秀惠衝上前，一人補上一拳，把兩人打昏。

「登船，快！」我依然滿天星斗。

沙維拔槍在手，跳上「海盜船」，朴秀惠扶着我也爬上船尾。沙維跑下船艙搜查，朴秀惠解開纜索，我搶進駕駛室啟動引擎。沙維回到甲板，示意船上沒人，並取了一些食物，分給我們。

我邊吃麪包，邊扭軚盤，加大油門，趕快把船駛離荒島。回頭，老海鷗仍站在欄杆上，荒島愈縮愈小。

我們終可脫險了。

沙維還找到一個衞星電話，他草草吃過食物，馬上致電沙蓮娜，向她交代情況，主要是告知維路的死訊。隔着電話，我聽不見沙蓮娜如何回應，只見沙維連連點頭，大概他已習慣聽命於沙蓮娜，心裏縱有諸般不滿，亦不敢反駁。

朴秀惠則走到我身旁，使用駕駛座旁邊的無線電，嘗試調校頻度，來回轉換數次，終於給她聯絡上哥哥。

「差不多一個星期了！你們去了哪裏？音訊全無。」朴城武粗聲大氣地詰問。

「唉！哥，說來話長。我們遇到海盜，飛機失事，流落荒島。剛從海盜手上搶了一條船，駕船逃離荒島。」

「那些臭海盜，真該死！連日來，我周圍尋找你們，也多次遇上海盜，幸虧我的遊艇馬力夠大、速度夠快，才擺脫了他們。你現在平安嗎？」

「暫時平安，你不用擔心。」

「給我座標，我過來接你。」

「我們還沒離開海盜活躍的水域，待我們找到安全的落腳點，再跟你聯絡。」

「也好，還有，那幅『八駿圖』，完好嗎？」

「完好無損。」

「沙維和路維仍會交易嗎？」

「我想，會吧。哥，告訴你一個不幸消息，路維死了，被海盜殺死。」

「慘！沙維一定很傷心。」

「對，他很傷心。噢，他似乎有話要跟我們說，哥，我們稍後聯絡。」

「保重。」

沙維踱進駕駛室，放下衛星電話，來到我們跟前，臉上不露任何表情地說：「沙蓮娜安排飛機來接我們，我們前往這個地點會合。」他把一張寫上座標的字條遞給我。

我接過字條，瞧一眼朴秀惠，追問沙維：「我們將到何處？會跟沙蓮娜見面嗎？」

「會，她會見你們，在她的私人博物館裏。」

「博物館？在什麼地方？」

「到步時，你們自會知道。我累了，阿Wing你開船可以嗎？」

「可以。」

沙維的態度變得冷漠，大概聽從了沙蓮娜的什麼吩咐。

還沒回到文明社會，槍林彈雨的經歷已給抹掉，勾心鬥角隨着遠離荒島漸漸浮現。

至於朴秀惠，她再度盯着掛在我肩頭的「八駿圖」，畢竟這是沙蓮娜惟一從我們身上想要的「貨品」，沒有它，沙蓮娜不會見我們，也不會給我們「貨銀」，我與朴氏兄妹也分不到錢。

我提醒自己，在荒島上，沙維信任我，朴秀惠依賴我，是為了保命，現在他們的性命保住了，荒島已在遠遠的身後，向前望，就只有共同利益。當利益消失，我們便各走各路；當利益受損，便會打擊對手，消除威脅，所以，我們之間，再沒信任和依賴可言，這是現實，何況他們是竊賊和接贓者，我是臥底特工，本質上，是水火不相容的。

IV
病院驚魂
一間前身是精神病院的神秘博物館，
它的主人是穿着埃及妖后服飾的怪人。
置身此地，
阿Wing縱有一身武功亦難逃一劫！

1

莎蓮娜的私人博物館位於一個離岸大約四分一公里的小島之上，兩個世紀前，上址是一所精神病院。莎蓮娜購入小島時，島上一片頹垣敗瓦，她聘請大批建築、工程、歷史、文獻、設計、保安、電腦等專家，組成一支龐大的團隊，重建昔日的精神病院建築羣，一磚一瓦，一草一木，外貌都要跟文獻和檔案紀錄一模一樣，至於內部設施與規劃，則是另一個模樣。

此外，莎蓮娜還為小島擴充碼頭，加建直升機坪及跨海橋樑，這樣，海、陸、空的交通工具，都可直達小島。不過，島上的保安非常嚴密，未經許可，外界汽車不能駛上大橋，船隻和直升機也不可靠近。

我們是乘直升機去的，莎蓮娜派來的直升機，準時到達約定的海面，那地點距陸地不遠，暗沉的海岸線隱約可見，一直站在欄杆上的老海鷗，瞧見陸地不久，便振翅高飛。牠獲得自由，我暗暗為牠喝采，也想起那頭棕熊，不知牠在荒島上有沒有被海盜欺負？

為了防止精神病人泅水逃跑或失足墜海，高逾三米的雙重鐵網環島築起，頂部圈纏着尖刺，看起來，似監獄多於醫院。莎蓮娜顯然很喜歡那些鐵網，鐵網保養很好，網上的銀漆簇新，屹立海邊卻鮮見鏽蝕，在陽光底下閃閃發光。

當直升機即將降落時，從機窗往下望，站在停機坪等候的男人，竟然身穿一套凱撒大帝時代的羅馬士兵裝束！

那人頭戴插上紅羽毛的頭盔，上身是鱗狀鎧甲，下襬是皮革短裙，腰懸佩劍，手執圓盾。

我和朴秀惠都看得目瞪口呆。

「主人家開化妝舞會？還是把地方租借給電影公司拍攝？」朴秀惠打趣地問。

我才不會多此一問，雖然我也好奇，不過直升機師像個發脾氣的啞巴，由始至終對我們不瞅不睬。至於沙維，登機後，他愈加壁壘分明，跟他說話嗎？無謂自討沒趣了。

沙維聽見朴秀惠發問，乾咳一聲，嚴肅地說：「莎蓮娜定下的規矩，小島是不接待女客的。不過，莎蓮娜知道我們的遭遇，破例一次，讓你登島。登島後，我勸你謹言慎行，倘若惹怒莎蓮娜，大家都沒好處。」

「哼！」朴秀惠別過臉去。

直升機徐徐降落。

那羅馬士兵彎腰跑過來，為我們拉開機門。此人有點面熟，他領我們走到大片草坪之間的麻石板小徑上，喊道：「兩位隨我來，我帶你們去梳洗一下，換過乾淨衣服，才面見主人。」

沙維從另一方向走了，沒哼一聲，沒瞧我們一眼。

草坪遠處，另一個羅馬士兵正忙於剷草，古代服飾與現代化機器，畫面極不協調。

「阿Wing，請不要這樣看我們。我知道這身裝扮有點怪趣，老實說，主人今早興致勃勃地打扮成埃及妖后，我們作僕人的，理當配合，讓主人盡興。」

他所說的主人自然是莎蓮娜，我接口道：「如果她要扮慈禧太后，你們豈不是都要變作李蓮英？」

「當然奉陪到底。」

「唏！我認得你，你曾經參加健美先生選舉，後來拍過一套電影，你名叫……」

「我現在叫23。」

「23，即是說，這島上至少有二十三個僕人？」朴秀惠的腦筋相當靈活。

「更準確的說法，我是第二十三個入職的僕人。僕人代號順序而不重複，1至22號前輩都因不同理由，停止為主人服務。」

「然則，你現在是島上資歷最高的……前輩級僱員了。」我笑道。

「可以這樣說。」23停步，指着前面的一列房子，「客房到了，男的在左邊，女的在右邊，兩位請自便。」

「右邊？」朴秀惠詫異地退後一步，「門上的牌子明明寫着藥房，23先生，你玩開笑吧？」

「噢，原來沒人告訴兩位這裏的歷史，這小島本來是一所……」

2

門上掛着「雜物間」的客房，內部設備豪華，跟六星級酒店不遑多讓。

推開老舊的房門時，感覺像親歷魔幻童話的「過門」場景，主角穿過掛着大衣的魔衣櫥，進入奇異世界。由於在原始荒島上滯留差不多一星期，一旦腳踏實地的進入現代化的豪華客房，看見一塵不染的牀舖、四十幾吋的LCD電視機、專業的音響組合、無遠弗屆的上網電腦、擺滿零食和飲品的雪櫃，我竟有一種疑幻似真的錯覺，以為自己在造夢，下一刻，一覺醒來，原來還是躺在沙灘上。

我搓搓眼皮，什麼也不作，先在迷你吧枱上揀了一包三合一即溶咖啡，擰開保溫瓶，裏面裝滿久違了的熱水，於是斟滿一杯，撕開三合一咖啡的包裝紙，把咖啡粉倒進白瓷杯裏，拿茶匙攪勻。茶匙碰着杯壁，發出一陣清脆的叮叮聲，感覺更真實。

這類三合一飲品，我一向不飲的，現在，咖啡香氣，直接刺激大腦神經，精神為之一振。端起杯，淺嚐一口，苦中滲甜，濃中帶香，粗中有滑，充滿矛盾的三合一咖啡味道，強而有力的證明存在的真實。再喝一大口，熱暖的感覺，從口腔開始，經過食道，到達胃壁，令人感到舒坦而暖和，滿足而實在。

WOO —— YEAH ——

我從海上來，帶回航海的二十二顆星。你問我航海的事兒，我仰天笑了……

邊喝咖啡邊脫衣，喝了半杯，已脫得赤條條，放下杯子，走進浴室，痛快地淋個花灑浴，徹底洗淨身上每吋皮膚的污穢，看着從排水口流走的洗澡水由濁變清，那個荒島已離我好遠好遠。

3

23還為我預備了幾套不同款式的新衣服，尺碼全都合適，我抹淨身子，刮淨鬍子，隨意挑了一套舒適的休閒服穿上，攜着「八駿圖」到隔壁去找朴秀惠。

朴秀惠梳洗好了，也換上新衣，還化了淡妝，相較荒島上那副邋遢相，簡直是天壤之別。

我們相視一笑，都擠不出話來寒暄，她的目光依然不離我肩上的「八駿圖」。

就在此時，23過來了，非常合時。當然不是湊巧，沒猜錯，他透過監察系統，知道我們已準備妥當。

23領我們去面見莎蓮娜。一路上穿堂入戶，沿途所見，盡是「博物館」的展品。23不停為我們介紹，如數家珍。那些展品不錯件件珍寶，價值不菲，可是擺放得雜亂無章，也不妥善，例如，應平放的卻高掛，應高掛的卻堆在角落，應放在恒溫室裏的卻暴露在陽光之下，應修補的卻任它繼續破爛。可見，主人沒美感、沒品味，也沒識見。也許，這兒沒外人參觀，純為滿足主人一己私慾，如何擺，如何掛，都沒關係，甚或欠缺維護復修，展品最終淪為廢物，亦沒所謂。

最終，我們與莎蓮娜相見了。她坐在鋪上整張虎皮的貴妃椅上，一如23所言，她把自己打扮成埃及妖后。造形完全抄襲依莉沙伯泰萊的電影角色。遺憾的是，她毫無依莉沙伯泰萊當年的風華絕代，而且，一眼可以看出，她患有嚴重的整容成癮症候羣。她的眼耳口鼻臉皮，沒一處不是後天加工的，一張缺乏彈性和光澤的「塑膠臉」，看起來像個假人。難怪她不接待女客，因為隨便找個正正常常的鄰家女孩，一定把她比下去，何況年輕美麗的朴秀惠。所以莎蓮娜一見朴秀惠，不期然流露出妒忌的眼神，還是儘快打發朴秀惠離去，以免莎蓮娜因妒成恨，把朴秀惠殺掉。我於是趕緊打開防水匣，拿出「八駿圖」，呈獻給莎蓮娜。

「辛苦大家了。」莎蓮娜敷衍一句。

23把價值四億的捲軸展開，她只瞟了一眼，便把目光挪開，冷淡地說：「畫工不壞。」早知如此，我拿張影印本給她。

23識趣地收起「八駿圖」，再捧出一個文件箱，打開，裏面放滿鈔票。

莎蓮娜接着說：「這是你們的酬金。阿Wing，你曾在荒島上保護舍弟，出過力，論功行賞，我額外多給你一份賞金。」

「謝謝。」我向她鞠躬，接過文件箱，轉交給朴秀惠，回身道：「莎蓮娜女士，我有一個不情之請，希望你答允。」

「呵？你還有什麼要求？」莎蓮娜揚起眉毛。

「府上珍寶極多，令我目不暇給，我希望獨自多留一、兩天，盡情欣賞。」

「嘻嘻，兩天恐怕不足夠吧。」

「我不敢打擾太久。」

「沒關係，你喜歡看就看個飽吧。」

「你搞什麼？」朴秀惠輕扯我的衣袖，壓低嗓子問。

「太好了！感激不盡。」我沒理會朴秀惠，向莎蓮娜深深一揖。

「我也留下。」朴秀惠鼓起勇氣說道。

「朴秀惠，該有人跟你說過我從不接待女客，這次破例收留你，純為沙維的原故。你識相的，拿了錢快快回家，不然，可別怪我有失禮數。」莎蓮娜尖聲尖氣地喊：「23——」

「在。」

「送客。」

「遵命。」

「你先回去，我過幾天找你。」我規勸朴秀惠。

「那……你要小心……」

「笑話，我這裏沒大棕熊，沒海盜，我也不會吃人，小心什麼？哈哈……」

「哈哈……」23陪笑一陣，狐假虎威的來到朴秀惠跟前，拔出佩劍，劍尖向前一指，說：「這邊，請……」

「我來送她。」沙維不知從哪裏冒出來，我注意到他時，他已在門邊站定。

莎蓮娜點頭默許，23還劍入鞘，恭敬地退回主人身後。

「走吧。」我推朴秀惠的肩，她遲疑地隨沙維離去。跨過門檻時，兩人同時回頭瞧我一眼，令我想起在荒島的樹林裏，他們朝東邊逃，我引海盜向西邊追。

「怎麼樣？依依不捨那美女嗎？」莎蓮娜語帶嘲諷。

「怎會？」我揉揉雙手，「女孩子，到處都是；珍寶，卻是難尋。」

「算你識貨。Okay，你要看什麼？或者，你要先看什麼？」

「手稿，名人書信的手稿。」

「誰人的？」

「前英國首相戴卓爾夫人寫給前美國總統朗奴列根的親筆信。」

「嘿！」莎蓮娜搖搖她的「冬菇頭」，以曖昧的眼神上下打量我，「戴卓爾夫人寫給列根總統的信函，都在美國加州的列根總統圖書館裏，我這處一封也沒有，恐怕你找錯地方了。」

「非也。列根總統圖書館把手稿…… 弄丟了，沒向外公佈，世人不曉得，情有可原，而莎蓮娜女士，你絕對知情。」

「呵呵，你既然做足功課，我怎可能不讓你看呀。」她用左手托腮，「23 ？」

「報告主人，那封信收藏在病房A。」

「我們陪阿Wing走一趟吧。」

「遵命。」

23造作地欠身，略抬右手，莎蓮娜矯揉地伸左手搭在23的掌心上，慢慢從貴妃椅上站起，扭腰擺臀，穿過廳堂，步出側門，走在屋簷下的迴廊之中。

雖然嘔心，但沒法子，我惟有緊隨其後，多忍耐片刻，完成任務便溜之大吉。溜之前，若心裏仍然不爽，就一人一拳，消我心頭之氣。

「你知道嗎？阿Wing，這裏原來是一所精神病院。」她在前面說。

「23剛才介紹過。」我在後面應。

「我最欣賞病房A，特地命人還原病房的原貌。病房A是禁閉式設計，專用作安置那些人格分裂且有暴力傾向的病人。」

「噢，是嗎？規劃的確周到。」我的下半句「最適合你和23居住」沒說出口。

「如果你喜歡這裏，可以考慮長留，跟23作同事。」

「啊！蒙你青眼，我受寵若驚。」

「沙維稱讚你很能幹，我求才若渴。」

「謝謝你們賞識，可是，我生性不羈，自由慣了，不慣守規矩，也無意做長工。」

「自由，嘿嘿，值多少錢呀？你看23，他的工資，比得上一個普通的CEO。」

「主人，人各有志嘛。」

「住嘴！幾時輪到你這狗奴才插口啊！」

「僕人該打。」

「你看！怎麼這裏有一塊落葉？」莎蓮娜揚手。

23仰臉。

「啪——」

23摑了莎蓮娜一記耳光後，慌忙撿起牆腳的樹葉，邊退邊說：「我這就拿去丟掉。」

這份工，多多錢，我也不做，也沒本事做。

「阿Wing，你一定以為我蠻不講理。」莎蓮娜用絲巾抹手，「周圍種了這麼多樹木，一塊落葉，有何稀奇？而且，23一直陪伴着我，並不負責打掃。」

「你的家事，我不敢置喙。」

「我就是蠻不講理，難得23貼貼服服，至少在我面前。」

「他在你背後的舉措，你也知道？」

「怎麼不知！他借丟落葉為名，跑去摑那個負責打掃的後輩兩巴掌。」

「層層問責，符合管理哲學。」

「到了。」莎蓮娜在轉角處停步。

右側的房間門外掛着「病房A」的牌子，所謂門，其實是一道鐵閘，窗子也加裝鐵枝。

鐵閘沒鎖，應手而開，房內十分陰暗。

「燈掣在門邊，沒記錯的話，那封信放在牀頭櫃左側第二個抽屜之內。你找找看，找不着，試找第三個抽屜吧。」

「是。」我探手到門邊牆上摸着燈掣，按下，吊在天花上的燈泡亮起。

「你自便吧，這種官樣文章，我不感興趣。」

「有勞你引路，我不客氣了。」我走進去，坐在牀緣，拉開牀頭櫃第二個抽屜，裏面果然有一封信。

「阿Wing，我最後問你一次，你真的不肯為我工作？」

「恕難從命。」

「嘭——」莎蓮娜大力掩上鐵閘，「喀」的在外面鎖上橫栓。

「你——」

「你不為我所用，我會讓你帶着這裏的祕密離開嗎？

白癡！」

「你以為區區一道爛鐵閘，就可以把我困住嗎？白癡！」我拾起信，前後掃視一眼，就是這信了，便把它摺好，收進褲袋裏，然後走到門邊，喝道：「你不想受傷，就速速讓開！」

「哈！你以為大聲我就害怕麼？你以為大聲鐵門就自動打開麼……」

我不花時間跟她作口舌之爭，紮穩四平大馬，氣沉丹田，右掌劃圈，「呼」的打出一掌「降龍有悔」，拍在閘上，橫栓「錚」的折斷，鐵碎四濺，莎蓮娜首當其衝。她掩臉尖叫：「哎呀！毀容呀！救命呀！」

「我早已警告你讓開，你就是不聽。」我大步踏出病房A。

「小子，休得無禮！」一名羅馬士兵聞聲趕至，他撲到我跟前，左手護主，右手揮掌要把我推開。我又是一招「降龍有悔」，兩掌相接，我與他同時「咦」了一聲，雙雙後躍，因為大家均覺對方內力深厚。

有錢使得鬼推磨，這地竟然臥虎藏龍，實在不能小覷。

「45，你保護主人先退，讓我收拾他。」身後說話的人來得好快呢！他說「45」時，仍在二十米以外，到了「收拾他」，人已挺着圓盾直撞我的背脊。我回頭一瞥，及時施展「神龍擺尾」，「鈞」的打在圓盾之上，預計一掌把他震飛，摔回二十米外的草坪，可是，他只退了兩步，隨即撲回來，拔劍向我斬劈，我低頭避開。

他的劍招剛勁有力，實而不華，功力跟45不相伯仲，島上不知還有多少個高手？

信已到手，此地不宜久留。我虛晃一招，把他逼開，馬上拔足奔出草坪。此時，23率領更多羅馬士兵從左右兩翼殺到。我惟一的去路，就是高逾三米的鐵網，於是想也不想，衝過去，一提氣，九十度角的跑上鐵網，三步跑到網頂，凌空打個筋斗，翻越尖刺，跳落岸邊的礁石上面。

追兵掩至，跑在前頭的兩人，依樣畫葫蘆的，也跑上鐵網，結果一人給鐵網反彈飛開，另一個只跑了一步，直摔落地。其餘的羅馬士兵都不懂輕功，沒法跳越，惟有隔着鐵網斥喝。

「你們誰人身上有手槍？」23問。

「前輩，你看，我們今天扮什麼？古羅馬士兵怎會攜槍在身？」

「那你兩個跑回去取槍，射死這傢伙，他打傷主人，罪該萬死。」

「是。」

糟！要趕快脫身，但眼前是一片茫茫大海，根本無路可逃！就在進退兩難之際，海上，一艘快艇以高速駛至。

「阿Wing ！快上船！」朴秀惠倚在船邊向我招手，看時，開船的是沙維。

原來，在荒島上槍林彈雨中建立的互相扶持，重返文明世界後依然存在。

4

「阿Wing，我早就覺得你不簡單。有着如此一身好本領的人，怎會委屈自己，甘心做竊賊？當初我們的關係，只像做買賣，你出賣本領，我給你酬勞，事情一了，各走各路，所以，也不深入思量你為何跟我們合作偷竊。但是，你在荒島上一次又一次的保護我，沒你，我肯定不會有命回來呢！大恩大德，沒齒難忘，當收到莎蓮娜的錢時，很奇怪，我一分錢也不想要，實在不值得，不值得為錢喪命。之前，我和哥哥到處偷東西，從沒危險，也不會傷害別人，沒想過這趟會弄出人命，我好生後悔。當你請求莎蓮娜讓你留下，我慌了，明知你一定有什麼計劃，我仍不知所措，只想一併留下，與你共同進退，一起來，一起走。後來，沙維帶我離開小島時，悄悄跟我商量，他說，我若留在你身邊，只會阻礙你辦事，提議我們佯裝駕船離開，然後暗中折返，在附近監聽島上的保安通訊，視乎情況，再出手相助。果然，23在通訊裏召集僕人趕往小島南端圍捕你，我們馬上開船過去，老天有眼，及時把你接應上船。」

*　　*　　*

「阿Wing，請原諒我在直升機上對你的不禮貌。是這樣的，那時候，我打算反抗莎蓮娜，直升機師和島上的僕人都是她的心腹耳目，我不能走漏風聲，於是以一貫敵視外人的態度對待你們，才不會引起那班奴才的懷疑。唉！我與路維不也是奴才嗎？長期活在莎蓮娜的控制底下，敢怒而不敢言。面對她，我們惟有聽命行事，自求多福。不說你不知，我們家族有個傳統制度，當家的與接班人雙軌並行，這樣，倘若當家突然出事，例如身故、病重、坐牢或失蹤等，不能主持大局，接班人便立即上位，確保家族生意正常運作。可是，莎蓮娜一直推託，不肯任命接班人，理由是她不知在我與路維之間挑選誰人。即使那些覬覦家族財產的叔伯姑舅，不斷因此尋隙生事，莎蓮娜始終堅持已見，寸步不讓。我與路維的感情很是要好，誰作接班人都不打緊，既不爭取，也不迴避，安分守己地過活。這次路維的死，給我一個極大的衝擊，原來，安分守己不足以保命。當我把親弟的死訊告知莎蓮娜，她沒傷心，也沒關懷，只說了一句：她可以決定接班人了。天呀！她根本不愛路維，她不愛路維，等於不愛我，她不視我們為親兄弟。在船上，我說很累，請你開船，是真的，阿Wing，當時我的心靈比身體更疲累。我不斷反思過去，考慮前路，最後決定反抗莎蓮娜，不容她繼續胡作非為。她這人，說一不二，果然即日簽署文件，公告家族成員，指定我為接班人。她一定以為我還是那個懦弱、忍氣吞聲的沒出息弟弟，會繼續忍受她的操控。她不知道，我改變了，路維用他的生命激勵我。我要為路維討回公道，他的橫死，是莎蓮娜間接害的，於是，我暗中聯絡國際刑警，談妥條件，我被豁免起訴，轉作污點證人，指證莎蓮娜的不法勾當。我要把她送進監牢，為家族除害，撥亂反正，領導家族生意重回正軌。」

*　　　*　　　*

「兩位，感謝你們的剖白，抱歉得很，我沒法跟你們一樣暢所欲言……」

5

M給我的檔案雖薄，但說來話長。

1940年代中期，美蘇冷戰開始，兩大陣營都祕密研究生化武器，準備有朝一日用作攻擊對方。由於生化武器涉及多種無藥可治的病毒，一旦發生意外洩漏，會禍及民眾，故此研究都不在本土進行。軍方在海外另覓偏僻荒蕪的地方暗中興建科研基地，既可瞞過國內的反對人士，也可避過敵方間諜的耳目，若發生意外，又可矢口否認與軍方有關，一舉數得。

到了1976年，剛果出現伊波拉病毒，死亡率高達90%。病毒傳染極快，患者的病徵是體內和體外出血、發燒、噁心、腹瀉、膚色改變、全身疼痛；死因則為中風、心肌梗塞、低血容量性休克、器官衰竭。

很快，伊波拉病毒受到生化武器研究員注意，一個美國軍方的海外科研基地首先培植研究，得出的結果是：相對於傳染力強的天花病毒，以及生存力強且容易散播的炭疽桿菌，伊波拉病毒並不適合用作生化武器。

他們雖然最終放棄伊波拉病毒，但在研究過程中，意外地研製出疫苗。

在民間，對付伊波拉病毒的疫苗，自1976年開始，至今差不多半個世紀還沒面世，理由並非病毒特別頑強，其中一個主要原因，是無利可圖。疫區集中於貧窮落後的非洲，即使有疫苗，當地政府也沒錢大量購買。在商言商，歐美各大藥廠不投放資源研製疫苗，是一個可理解的投資決定。

本來美國軍方研製出疫苗，是一件好事，但他們若把疫苗公諸於世，等於不打自招，承認研究生化武器，故此，美國軍方一直守口如瓶。到了九十年代，美蘇冷戰結束，時移世易，類似的祕密科研基地陸續關閉，一切資料被列為國防機密，永久封存。

有關疫苗的傳聞，在2001年，由曾在美國軍方工作的科學家Fort Detrick首先披露。由於Detrick並沒提出實質證據，如地點、疫苗、數據等，美國軍方振振有詞的一概否認，事情逐漸被人淡忘。今年初，伊波拉病毒在西非爆發，過萬人死亡，疫區不斷擴大，當局無力遏止蔓延。疫苗傳聞再次流傳，一位《紐約時報》的記者根據Detrick的線索，一步一步的追查，最後在尼克遜總統圖書館的文獻、手稿當中，找出頭緒，推斷出那科研基地的確實位置。不過，那記者早被軍方人員盯上，他的一動一舉全在軍方人員掌握之中，當他發現證據，他們便動手捉人。

鑑於情勢危急，那記者不敢把證據藏在身上，匆忙之間，翻轉一封戴卓爾夫人寫給列根總統的信函，用鉛筆把基地的座標輕輕寫在背面。

那記者被帶到軍事基地內接受盤問，由於軍方人員在他身上什麼也搜不到，又問不出什麼，無可奈何地把他釋放。他回家後，把事情大要告知家人，不久之後，那記者因醉酒失足掉落湖泊中溺斃。其家人堅信他遭軍方滅口，卻苦無證據，便到列根總統圖書館追查，職員拿不出那份手稿，後來更聲稱並沒有那份館藏。

與此同時，美國各地的總統圖書館相繼失竊，被盜的都是總統的信函，失物又沒在黑市交易中出現，經過我們的情報組分析，相信是同一個「收藏家」所為。

這趟，我的任務是揪出那個收藏家，尋回信函，根據背面的座標，找到那祕密科研基地所在，迫使美國軍方交出伊波拉病毒疫苗。

6

當我把座標輸入GPS，結果旋即出現，看着這個結果，我、沙維、朴秀惠都詫異萬分，因為，座標的位置，就是那個令我們畢生難忘的荒島。

V
祕密基地
重臨危機處處的荒島祕密基地，
謎團一一解開，最終阿Wing
能否順利完成艱鉅任務？

1

我們把「祕密科研基地」放進荒島謎團之中，舉一反三，所有答案自動浮現。

人工化的山洞是基地舊址，研究人員把不同的動物運到荒島上，在牠們身上進行病毒測試，因此，不屬於荒島的棕熊便在島上出現。另外，牠的爪甲帶毒，相信牠因實驗的關係已成某種病毒的宿主。至於牠為何流落荒島？我傾向沙維的見解，當基地關閉時，牠逃脫了，研究人員沒法捉回或殺掉牠。

以政客的靈活狡猾和能言善辯，單憑山洞裏的爛枱、爛椅、爛獸籠，沒一頁文件，沒一個標誌，不可能迫使美國政府承認那兒曾是他們的祕密軍事設施，況且涉及研製生化武器，他們必定抵賴到底。

上一趟，我們急於尋找「武器」禦敵，可能有所遺漏，而且山坡範圍廣闊，也可能尚有其他隱蔽區域還沒發現，實有必要再往荒島一趟。

然而，海盜騷擾是一個棘手的問題，為免橫生枝節，找一艘軍艦在附近海域游弋，海盜便不敢放肆。不過，凡事總有利有弊，出動軍艦可嚇跑海盜，同時招惹美國注意，不管是盟國的或敵國的軍事行動，都瞞不過美國軍方。美國的國家安全系統有一份清單，詳列敏感人物、地點，如果那荒島是一處他們意圖掩飾的祕密地點，當有外國軍艦駛近，安全系統便發出警告訊息，沒多久，五角大廈某些高層的神經會被觸動。

經過商議後，我們決定請加拿大軍方協助，登上他們在附近海域執行反海盜巡邏的軍艦，駛至荒島對開的海面，停留三小時。期間，阿添、梁賢和阿莫留在艦上候命，我乘阿Ken開的直升機飛往荒島。

以美加的盟國關係，加拿大軍艦在上址停留三小時，美軍的正常反應是密切監視，不會採取軍事行動，除非那荒島異常重要。

三小時，我們要跟美軍鬥快、鬥智。

「在沙灘上降落。」我拍拍阿Ken的手臂。

「好的。咦！那在水裏捉魚的…… 是不是…… 棕熊？」

「對呀。」

「嘩！牠捉到一條很肥美的大魚啊！」

「日子有功，熟能生巧。」

「哎呀！牠咬着大魚，跑進樹林裏去，牠跑得真快。」

「牠的體型雖大，但膽子很小，也沒見過直升機。」

「你頗了解牠。」

「我跟牠是舊相識。」

「降落了，坐穩。」

荒島沒變，一樣的山嶺，一樣的沙灘，一樣的樹林。兩天前的惡鬥，痕跡猶在，散佈沙灘各處的彈殼、彈痕，還有遭海盜焚燬的Seawind 300C殘骸，都成為天然海島的人為污染。

路維的屍體不見了，也許沙維回來搬走了安葬。隨着沙維接管家族生意，日理萬機，朴氏兄妹又因逃避莎蓮娜的官司牽連躲藏起來，可以預見，好一段日子，我們三人鮮有機會碰面。

「阿Wing，你要進入樹林嗎？」下機後，阿Ken的眼神閃縮，鑑貌辨色，這傢伙定是又想找藉口躲懶。

「對。」

「你要小心那熊。」

「沒關係的。」

「如果直升機被賊人偷走，我們便沒交通工具回程，所以，我留下來看守直升機，你同意嗎？」

「同意。」荒島上只有我和他，何來一個懂得開直升機的賊人？

「知道要來海島，我預備了一張吊牀，」他入正題了，「打算把它綁在兩棵樹之間，在樹蔭下躺一會。」

「主意不錯。」

「但我擔心不小心睡着了，那熊趁我睡着走過來咬我。」

「你把吊牀綁高一些——一個棕熊攀不到的高度。」

「好辦法。」

「好好享受午睡，我們稍後見。」

「但，那個高度，我也攀不上。」

「你有辦法的。」說罷，我走進樹林，不再理會阿Ken。要躲懶的話，他一定想得到辦法，想不到，就別睡午覺了。

再次入林，物是人非，景況截然不同。今天我準備充足，防蚊、防蟲、防曬、防風、防水等物，一應俱存，又沒海盜追殺，也不擔心缺水缺糧，輕裝上路，輕鬆上路，心情有點像假日郊遊。

踏着舊路，想起朴秀惠，想起她的污糟邋遢，不期然笑了。

她登上兄長的船時，本想告知我打算躲在哪裏，我說千萬不可，我的缺點是口疏，一時不慎說了出來，連累你們被捕，反成壞事，嚇得朴城武急忙把妹妹拉上船。朴秀惠最後站在船尾，眼有淚光的揮手向我和沙維道別。

其實，朴秀惠會想通的，她應猜到我是執法人員，知情不報有違專業操守。

順利穿越樹林，回到水潭旁邊，午後，「瀑布」斷流，只剩一潭死水，我今天已沒絲毫衝動要跳下水裏。走到芭蕉樹前面，坐在石上，舉目觀天，雲淡風輕，換一個相反的角度，從高天之上望下來，應清楚看見我站在通往山洞的梯級下面。

「阿Wing，請答話。」掛在腰間的無線電通話器傳出阿莫的呼叫。

「說吧，阿莫。」

「美方開始行動了，他們調動間諜衛星監視你身處的荒島，還有一艘美國軍艦正朝這邊全速前進。」

「他們的反應竟如此迅速，我才坐下不久呢！好，你繼續監察他們的動靜。唏，你想吃香蕉嗎？」

「什麼？」

「樹上熟的香蕉，保證香甜。」

「我不吃了，不過，阿漆和梁賢有興趣。」

「那，我摘一大束給你們吧。」我撥開蕉葉，揀選香蕉。

「無人機呀！阿Wing。」阿莫的聲音一下子變得大為緊張，「美國軍艦出動MQ9無人機呀！目標正是荒島。」

要來的，終於來了。這麼快就動武，證明這荒島對美國的「國家安全」異常重要。

「我沒時間摘蕉了。」

「改天到超級市場買吧，辦正事要緊。」

「對，我們分頭行事。」

掛線後，我仰面朝天空扮個鬼臉，以示抗議，接着快跑入林。

MQ9無人機，又稱「死神」，可携四枚AGM-14空對地導彈，落點精確，無堅不摧。美軍出動它，目的顯而易見，若非殺人滅口，就是毀滅證據。殺我？用不着造價昂貴的導彈。徹底摧毀那山洞基地，不留證據，免除美國的尷尬，讓軍方無後顧之憂，即使統統射光四枚導彈，亦物超所值。

跑呀跑，我一口氣跑回沙灘。

「阿Ken，準備起飛，阿Ken……」

阿Ken熟睡吊牀之上，打着響亮的鼻鼾，吊牀掛在兩棵樹中間，離地不過三呎。意想不到的是，被五花大綁的禿頭海盜首領躺在吊牀底下，嘴巴裏塞着一隻襪子，他動彈不得，有口難言。

「阿Ken，快醒。」我隔着吊牀踢他的屁股。

「呀！阿Wing你回來了。」

「什麼一回事？」我指着吊牀底下。

「嗚……」禿頭首領有話要說。

「哈，這禿頭漢突然跑出來要搶直升機，幸而，我有先見之明，在這裏看守直升機。他自投羅網，我把他打倒，綁起來，因利乘便，塞到牀底下。棕熊若跑過來，先咬他，我便可安心午睡。我這麼聰明，快給我一個讚。」

「死神無人機轉眼便到，快準備起飛，去吧！」

「啊！我這就收拾吊牀……」

「留給棕熊睡吧。」

「小偷呢？」

「對。」我拿小刀割斷縛着禿頭首領雙腳的繩子，把他從牀底揪出來，拔掉他口中的襪子，喝問：「你留在島上，有何企圖？」

「是你！」禿頭首領喘了口氣，苦着臉道：「聽着，我不是要搶直升機，我只是求救，求這胖子帶我離開荒島。」

我把襪子塞回去，道：「直接回答我的問題，我沒耐性聽別的，明白嗎？」

他點頭，我抽出襪子。

「唉！都是你！你搶了我們的船逃走，大家責怪我領導無方，指揮不力，沒資格當首領，都跟從了另一艘船的老大，把我遺在島上自生自滅。」

「夠了。」我又把襪子塞回去，「阿Ken，帶他上機，送給加拿大艦長作禮品，告訴艦長嚴刑迫供，可在他身上套取剿滅海盜的情報。」

「嗚……」禿頭漢的嘴巴被封，無從抗議。

「走吧……」阿Ken扳他的肩，卻呆住了，手按在他的肩頭，視線越過他的禿頭，盯着天空，喃喃道：「死神……」

看時，MQ9從正前方飛來，「呼嘯」的掠過我們上空，飛往樹林後面的山坡。儘管它的攻擊目標不是我們，也不容它摧毀山洞。

「阿莫，你還不動手？」我抓起通話器吼叫。

「阿莫很忙。」回應的是梁賢，氣定神閒的，「他請你稍等。」

「時間無多呀！」

「稍等一下…… 少安無躁…… 搞定，凌駕完成。」

「阿莫，捧啊！」

說着，MQ9循原來的航道反方向飛回我們頭頂，不過，相較前一分鐘，它的速度減慢許多，機身左搖右擺，極不穩定，像隻同時被兩根棉線操控的風箏，忽左忽右，時快時慢，打轉再打轉。

現實中，兩隻無形之手正在爭奪MQ9的控制權，一隻是阿莫的，另一隻在美國軍艦之上。

「別看啦，我們上機，快！」我一人一腳，把阿Ken和禿頭漢蹬向直升機。阿Ken一掌把禿頭漢推到後座，再爬進駕駛座，啟動引擎。

我一邊跳進機艙，一邊拿着通訊器叫道：「梁賢，叮囑阿莫下載……」

「我是阿莫，梁賢和阿漆守在門口，誰也不准進來。」

「你有沒有下載MQ9的指令數據？」

「都下載了，所以他們守在門口，以防有人闖進來破壞。阿漆說，加拿大和美國始終是盟友，信不過。」

「你傳一個檔案備份回總部，給露絲他們分析，擷取美軍派無人機轟炸荒島山洞的指令。」

「知道。」

阿Ken拉高操控杆，直升機飛離沙灘。

「我們起飛了，你們快上甲板，我放下一個海盜，接走你們三個。」

「那架MQ9如何處置？」

「撞它落海。」

「照辦。」

直升機離荒島漸遠，回望後方，沙灘上，大樹下，棕熊跑出來，好奇地用前爪拍打阿Ken遺下的吊牀，吊牀不住打轉，一圈又一圈。

空中，MQ9也是不住打轉，一圈又一圈，轉了十來個圈，突然像失去了動力一般，停止轉動，筆直的插撞海水，衝力很大，激起一波浪花。最後，一雙折斷的機翼浮回水面，隨水流漂向沙灘，棕熊又多兩件玩具了。

2

回到熟悉的城市、熟悉的茶餐廳，伙計端來熟悉的熱奶茶和菠蘿油。水滾茶香，菠蘿包新鮮出爐，街坊滿座，無所不談，暢所欲言，走遍全世界，想不出何處比這地更好。

掛牆電視剛播完「佔中」新聞，大家都不管國際新聞，畢竟西非是一處遙遠的地方，急不及待的討論佔領道路的最新情況。有人支持，有人反對，立場不同，各自表述，難有共識。由討論開始，漸變成爭論、爭執、謾罵、人身攻擊，快要動武之際，老闆從收銀櫃枱走出來，在中間一站，雙手叉腰，不慍不火地說：「我們做生意的，最緊要和氣生財，大家俾面，一人少句。飲茶的，坐下；吵架的，請到維園。你守規矩，我當你客人；你不守規矩，我掃把送客。」

即時見效，兩大陣營乖乖坐下，恢復理性討論，雖仍各執一詞，但氣氛已大為緩和，至少沒吵着我收看西非消息。我關心「佔中」，也關心伊波拉病毒。根據周嘉儀報道的最新消息，根據美方資料，有一所位於加拿大的研究中心，一直受美國政府委託，專門研究伊波拉病毒疫苗，那研究中心昨天通知世界衞生組織，在短期內先運一萬劑未經臨牀測試的疫苗到西非應急。

出動最先進的無人機攻擊一個無人荒島，聰明如我，也想不到合理解釋，他們當然詞窮理屈啦！

我們的談判底線是：交出疫苗，不管用什麼方法。結果，透過加拿大一所名不經傳的研究中心把疫苗送往西非，真虧他們想得出。

總之，疫苗面世，肯定是人所樂見的好事，至於無人機的攻擊數據，交還他們亦不是壞事。

新聞報告完畢，輪到「四點鐘許Sir」出鏡，不看了。我喝下最後一口奶茶，結帳，步出茶餐廳，站在十字路口，這時候，去哪裏？

下午四時，可以回總部磨蹭一會，趁大家忙碌，偷偷上網，也可以到金鐘走走。

去哪裏？

後記

認識韋婭已一段日子，按師承來說，我要尊稱她一聲「師母」，因當年曾修過陳家春老師（韋婭的丈夫）的課。當然，年輕（心境）人不會如此老套。

最近才有機會跟韋婭詳談，發覺我們有許多對兒童文學的看法相當一致。儘管我們的寫作路數不同，她寫的童詩、女生心事，我自問寫不來，然而，我們都着重作品的文學性，都無意跟從「為兒童而寫」、「具備教育功能」、「只寫陽光與美好」等傳統的兒童文學觀念。

先談韋婭的作品，她的詩集《會飛的葉子》，榮獲第六屆「香港中文文學雙年獎」，有趣的是，雖屬兒童少年文學組的獲獎作品，但其中一段評審意見指出「小朋友不一定看得懂」。韋婭告訴我，她寫作從不管理論，不追求教育功能，詩不是工具，她的詩完全是來自心靈的天然作品，不過，她相信：「好的作品，都具備真善美的方向，不必刻意寫出來，刻意從外面說教，只令孩子抗拒。我所作的，是發掘孩子生命裏原來就有的東西——真善美。」另外，在韋婭的小說裏，不難讀到負面的、陰暗的題材，她認為，悲傷喚起的是孩子心靈中崇高的情操與美德，例如同情心、正義感、嚮往與追求美好。她說：「如果文學作品具有功能性，那麼，它的功能並非實用的，它不只是淺層的學習遣詞造句，而是深層的在人類心靈的層面熏陶人的情操，提升人的人文素質。」

這些看法，都是我的心底話，也透過創作付諸實行，可惜，翻開中文的兒童文學理論書籍，不論新的或舊的，總是舊調重彈。有時，我或會想：我的想法是否太另類？不過，創作是一條孤單的路，非主流、新思維、旁門左道，有何不可？筆是我的，沒人可以規管我怎樣寫、寫什麼。

如今，聽過韋婭一番話，原來還有同路人，這條路並不孤單。

再說自己的作品，這集《Q版特工》，閱讀經驗較淺的小朋友恐怕不容易理解。兩條主線互相穿插，一是現實，一是回憶，現實是按直線進行，發生的時序是由先到後；回憶則是倒敘，由後到先。也不知從前有沒有人這樣寫，亦不考慮小讀者能否掌握，總之，我喜歡便寫。聽起來，似乎很任性，但，創作不容許任性，還有樂趣嗎？

小說的開端，帶點魔幻色彩，荒島是虛構的，人物也是虛構的，為保持魔幻的氛圍，我故意不交代時、地，像童話故事的「過門」，主角進入奇異世界後，環境變得朦朧。當然，情節發展到中段以後，謎團逐漸解開，場景逐漸回到現實，最後回到我們熟悉的香港，便說一些熱門的話題，例如「佔中」。

自問沒在小說裏教導讀者「德智體羣美」，故事更充滿爾虞我詐、不擇手段，毫無「陽光與美好」，若放在傳統框架裏，這書應歸類為兒童不宜，不過，若細味韋婭的話，就會明白我的心意。

韋婭的話，其實也不是新道理，請回想一下安徒生童話：〈賣火柴的女孩〉的路有凍死骨、〈打火匣〉的批判君權神授制度、〈國王的新衣〉的長官意志不可違背、〈人魚公主〉的近乎愚蠢的單戀，兒童讀者能明白多少？能體會多深？正如教育學家Bruno Bettelheim說：「大部分安徒生的故事是寫給成年人看的，當然，兒童會享受這些故事。」[1] 也難怪安徒生晚年曾為他的雕像大發雷霆，那雕像的造形是安徒生坐着讀書，大羣小孩圍着他，有些爬在他的背上，有些坐在他的膝上。安徒生罵道：「我從不會這樣讀書！正如我常常說，我不是為兒童而寫作，我是為每一個人而寫作。」[2]

故此，童話可理解為一種文學體裁，等於詩、小說、散文，讀者對象不一定限於兒童。當然，深有深讀，淺有淺讀，老幼咸宜，就最理想了。

1 Bruno Bettelheim, *The uses of enchantment: the meaning and importance of fairy tales*, New York: Vintae Books, 1989, p.105.

2 Hans Christian Andersen, *The fairy tale of my life: an autobiography*, New York: Cooper Square Press, 2000, p.4.

作者電郵，歡迎聯絡：

forhing@gmail.com